Ah! aimer...

NOUVELLES ADO | DRAME

Ah ! aimer...

C. Bolduc, M.-A. Clermont,
D. Giroux, M. Lavoie, R. Soulières

Vents d'Ouest

Données de catalogage avant publication (Canada)

Vedette principale au titre :
   Ah ! aimer…

   (Nouvelles ado ; 12. Drame)

   ISBN 2-921603-57-8

1. Histoires pour enfants canadiennes-françaises – Québec
(Province). 2. Amour – Romans, nouvelles, etc. pour la jeunesse. I. Bolduc, Claude 1960-   . II. Lavoie, Michel,
1946-   . III. Collection : Roman ado. Drame. IV. Roman
ado ; 12.

PS8329.5.Q4A34 1997   jC843'0108054   C97-940994-2
PS9329.5.Q4A34 1997
PZ21.A34 1997

Nous remercions le Conseil des Arts du Canada de l'aide
accordée à notre programme de publication. Nous remercions également la Société de développement des industries
culturelles et Patrimoine canadien pour leur appui.

Dépôt légal — Bibliothèque nationale du Québec, 1997
                          Bibliothèque nationale du Canada, 1997

Révision : Lise Marcaurelle, Michel Santerre

© C. Bolduc, M.-A. Clermont, D. Giroux, M. Lavoie,
   R. Soulières & Éditions Vents d'Ouest, 1997

Éditions Vents d'Ouest inc.   Diffusion en France :
99, rue Montcalm   Librairie du Québec
Hull (Québec)   30, rue Gay Lussac
J8X 2L9   75005 Paris, France
Téléphone : (819) 770-6377   Téléphone :   43 54 49 02
Télécopieur : (819) 770-0559   Télécopieur : 43 54 39 15

Diffusion au Canada :   Diffusion en Suisse :
Prologue inc.   Intervalles
1650, boul. Lionel-Bertrand   Rue Mont Sujet 18
Boisbriand (Québec)   2515 Prêles, Suisse
J7H 1N7   Téléphone : 032/315 19 01
Téléphone : (514) 434-0306   Télécopieur : 032/315 14 23
Télécopieur : (514) 434-2627

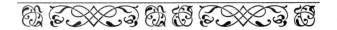

Présentation

Michel Lavoie

*A*H ! aimer…
Mirage, espoir, déception, sublimité, fuite…

L'amour avec un grand A chez les ados ? *Impossible* ! disent les « vieux », *utopie !* proclament les sceptiques, *miracle* ! clament les jeunes.

Les jeunes aiment ! Ils aiment de tout leur cœur et vibrent de tout leur être. Ils pleurent, rient, se morfondent dans l'attente éternelle de l'autre, celle ou celui qui viendra illuminer les jours sombres, étancher les larmes sur leur visage, faire éclater les regrets d'avoir trop aimé ou mal aimé.

Les ados aiment l'amour… qui le leur rend bien.

Cinq écrivain-es osent traiter de l'amour, scrutent le fait d'aimer dans plusieurs de ses dimensions. Ils s'infiltrent sournoisement dans les méandres de ce sentiment si poignant, scrutent ses effets, à l'occasion pervers, et s'amusent à rendre extrêmes les situations. Leur imagination part à la recherche de l'infime étincelle qui viendra éclairer l'inexplicable et définir l'insaisissable.

Le résultat : un tableau bigarré dans lequel voltigent des êtres épris de tendresse, enivrés de béatitude amoureuse, de déchirures passionnelles ou de remords, le tout enrobé d'un humour rose ou noir.

Des histoires pour tous les goûts, à faire rire ou à faire frémir.

Un voyage au pays de l'Amour. Un aller simple...

Splendeurs

Claude Bolduc

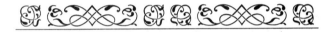

CE fut comme si la foudre l'avait trans-percé, comme si un camion l'avait frappé, comme si on lui avait plaqué un fil à haute tension directement sur la peau.

– Idiot ! hurla l'homme en retirant sa lame du ventre de Sylvain, avant de prendre la fuite en bousculant Jocelyne.

La main enfouie au creux de sa blessure, Sylvain tenta de se tourner, mais la douleur hachait sa respiration et il se laissa retomber sur le sol. Il promena ses yeux agrandis à la ronde. Le trottoir était désert. Personne non plus sur le banc à l'arrêt d'autobus. Et pas la moindre lumière n'était apparue aux fenêtres après son bref hurlement. Maintenant, Sylvain n'avait plus la force de hurler. Jocelyne, sa Jocelyne chérie, pétrifiée, était appuyée contre un mur sale à quelques mètres de lui.

Le type avait d'abord demandé son argent et Sylvain avait refusé. Puis l'autre avait voulu toucher Jocelyne, son trésor, son or en barre. Cette ordure avait posé la main sur elle ! Sylvain avait bondi, cela avait été plus fort que lui, et il s'était empalé sur la longue lame qui l'attendait.

Un effort. Il devait se relever. Il appuya sa main libre au sol et donna tout ce qu'il avait. Brûlure aux entrailles. Tous ses muscles cédèrent d'un coup sous les assauts de la souffrance et Sylvain se retrouva face contre terre, son œil droit ouvert en contact avec l'asphalte rugueux de la rue. Ses muscles ne lui obéissaient plus. Ses pensées cédèrent à la panique, mais aucun de ses membres ne bougea. Une éternité s'écoula, pendant laquelle rien ne put secouer son inertie.

Une espèce de décharge électrique traversa son corps et, soudain, Sylvain se releva. Étaient-ce ses nerfs qui le soutenaient, malgré la douleur ? La douleur ? Sylvain avait conscience de sa blessure, il sentait la plaie béante sur son ventre, mais la douleur n'était plus qu'un lointain souvenir.

Il tourna sur lui-même, sa main droite toujours enfouie au creux de sa blessure. Le trottoir. L'arrêt d'autobus. Les fenêtres. Comme il pivotait, son pied effleura quelque chose. Sylvain l'ignora, occupé qu'il était à tout observer. Le visage de Jocelyne, là-bas, toujours de marbre, était vaguement abaissé vers le revêtement de la rue, quelque part aux pieds de Sylvain.

Toujours pas de lumière aux fenêtres. Il avait pourtant l'impression qu'il faisait plus clair que tout à l'heure. Les détails étaient plus nets : les détritus sur le pavé, les lignes sur le trottoir, les craquelures sur sa surface, le grain du ciment…

Le grain ? Comment pouvait-il voir d'aussi minuscules détails sur le trottoir alors qu'il se trouvait presque au milieu de la rue ?

Son pied toucha de nouveau l'objet sur le sol. Sylvain eut l'impression d'avoir marché dans une boue épaisse. Il regarda par terre.

Seigneur !

Il y avait un type à ses pieds !

Il ne s'agissait pas de son agresseur. Le type donnait au contraire l'impression d'avoir été étripé. D'où sortait-il, celui-là ? Il n'y avait personne d… mais… ce type…

Sylvain se rendit soudain compte que l'homme recroquevillé sur le sol lui ressemblait trop pour n'être qu'un sosie. Cela lui donna un coup comme il n'en avait jamais reçu de sa vie, et il se sentit emporté par un ouragan. La scène du meurtre se mit à rapetisser devant lui, c'était comme une sensation d'éloignement subite et étourdissante qui le laissa au bord de la nausée.

Un cri strident déchira l'air tout près. Jocelyne ? Oui, cela ressemblait à la voix de Jocelyne.

Mais Sylvain, inexorablement, continuait de s'éloigner de la scène, comme s'il glissait à reculons dans un tunnel obscur.

Une glissade qui semblait ne jamais devoir prendre fin.

*

Jocelyne s'aperçut que sa bouche était grande ouverte, et que rien n'en était plus sorti depuis une bonne minute. Malgré le goût âcre qui emplissait sa gorge, elle redoubla d'effort, libérant un petit sifflement, un bruit d'air qui s'échappe d'une soupape. Rien d'autre, mais il fallait qu'elle continue. Elle sautillait sur place, et le bruit de ses talons sur le sol rebondissait contre les façades sombres.

Que s'était-il passé ? Sylvain ? Elle avait eu un malaise, un moment d'absence, puis soudain le réveil... et le cadavre. *Un cadavre, là ! Là !*

Jocelyne entendit une voix. C'était un homme penché à une fenêtre, qui semblait lui crier après, en brandissant le poing. Elle faisait trop de bruit. Mais elle *devait* faire du bruit ! Avertir, avertir !

Elle gonfla ses poumons et parvint à pousser quelques petits hurlements, en pointant du doigt le cadavre sur le sol. D'autres visages apparurent aux fenêtres, d'autres poings se tendirent vers elle.

— Ta gueule ! On dort !
— Fais de l'air, sale droguée !

Une pluie de quolibets et de débris en tous genres s'abattit autour de Jocelyne, qui fut atteinte à deux reprises : quelqu'un la traita de bâtarde, et une pantoufle resta accrochée à son doigt tendu, deux insultes graves pour une femme libérée mais de naissance illégitime. Elle persista, malgré sa gorge qui brûlait et la faiblesse de ses cris. Le nombre de têtes et de bras aux fenêtres était maintenant impressionnant.

— Tiens, cria une voix, v'là les flics ! Y vont l'embarquer !

Un panier à salade venait d'apparaître au bout de la rue. Dès que son conducteur eut repéré la source du désordre, le camion accéléra, en silence, gyrophares allumés.

Lorsque les deux agents mirent pied à terre, un tonnerre de voix emplit le quartier en dépit de l'heure tardive. Tout le monde tentait d'expliquer les faits aux policiers en même temps. Ceux-ci, rompus à cet exercice, avaient tout compris instantanément et l'un d'eux imposa le silence à l'assemblée d'un geste de la main.

Sans cesser de pointer la dépouille qui gisait par terre, Jocelyne fixa les policiers dans les yeux pendant qu'ils s'approchaient d'elle. Ils étaient énormes, deux pans de mur, du meilleur béton. Leur pas était rythmé, ni trop rapide, ni trop lent. Des traits volontaires donnaient du relief au bas de leur visage tandis que leur regard se perdait dans l'ombre de leur visière. À deux pas de la jeune femme, ils s'immobilisèrent.

Beaucoup d'air s'échappait de la bouche de Jocelyne, mais de son il n'y avait plus. Le goût du sang emplissait sa bouche, il y en avait même sur ses lèvres. Son bras tremblotant pointait toujours.

Le policier qui avait fait taire les gens lui parla. Sa voix ne parvenait pas à Jocelyne car dans sa tête, elle n'avait pas cessé de hurler. L'agent saisit le bras tendu de la jeune femme et tenta de l'abaisser, même si elle voulait absolument lui montrer le cadavre. Il appuya davantage sur le bras, qui descendit légèrement. Il continuait de parler. Son ton s'était durci, à en juger l'ouverture de sa bouche. Jocelyne aurait aimé entendre ses paroles, mais seul son cri intérieur résonnait en elle. Sylvain ! Où était son Sylvain ?

Une bousculade éclata lorsque le bras de Jocelyne se releva brusquement, dès que le policier l'eut relâché. Celui-ci sauta sur le membre récalcitrant et lui imposa une position moins agressive. Le second policier se rua sur Jocelyne, appliquant une solide prise de tête. Tous trois roulèrent sur le sol et les agents, finalement, prirent le dessus.

Ils l'emmenèrent vers le panier à salade, au fond duquel deux hommes étaient assis. Le plus proche semblait un peu paranoïaque et roulait les yeux en tous sens. L'autre dormait à même le plancher. Jocelyne reçut une poussée dans le dos et se retrouva dans le camion, son bras toujours tendu. Le parano hurla et courut se rouler en boule dans un coin.

Quand le camion démarra, Jocelyne tomba de son siège.

Lorsque ses perceptions lui furent revenues, Sylvain se risqua à inspecter les alentours. Que s'était-il passé au juste ? N'avait-il pas perdu un bout de quelque chose ? Tout était flou dans sa tête, à part le souvenir d'une ruelle crasseuse et celui d'une chute inexplicable.

Et Jocelyne ? Quelque chose lui disait tout à coup qu'elle était loin, loin comme elle ne l'avait jamais été depuis qu'ils s'étaient rencontrés. Mais où ?

Il cligna des yeux. Peu importe où il se trouvait, il était très bien tombé. Autour de lui s'étendait une vallée magnifique, idyllique. Sous un ciel de couleur rose se dressaient des arbres comme on n'en voyait pas même dans les encyclopédies, tout en courbes gracieuses et aux branches délicates comme des membres de ballerine. Les formes de leurs feuilles satinées, déployées vers le sol, étaient si douces, si invitantes que Sylvain fut persuadé qu'elles avaient pour fonction première de caresser la tête des promeneurs.

Des fruits luisants chargeaient les branches de certains arbres, si juteux que leur nectar suintait et emplissait l'air d'une fragrance à donner le frisson.

Le sol lui-même de cet endroit était remarquable et aurait facilement relégué le plus moelleux des tapis au rang de vulgaire planche de fakir. Sylvain remarqua également, à intervalles réguliers, de petites roches plates, carrées et rugueuses sur lesquelles il devait faire bon se gratter la plante des pieds.

Nulle part il ne trouva le moindre défaut à ce paysage. Cet endroit ne contenait que du bon, que du beau. Il était parfait. En fait, il n'aurait plus manqué que…

Sylvain sursauta. Là, au bord d'un sentier, trônait le plus magnifique des fauteuils, dont les courbes capitonnées attendaient le promeneur aux pieds fatigués.

Tout ça était si merveilleux que Sylvain échappa un sanglot. Encore un peu, et il aurait pleuré. C'était comme… comme…

– Être au ciel ? dit une voix enjouée derrière lui.

D'un bond, Sylvain fit volte-face. Un curieux petit bonhomme se tenait appuyé contre un arbre dont le tronc épousait parfaitement les formes de son corps. Un large sourire se dessinait sous sa tête qui luisait comme une bille.

– C'est parce que je la polis souvent, reprit le petit bonhomme. Simple coquetterie de ma part, ajouta-t-il en passant une main sur le sommet de son crâne. Mais « être au ciel », c'est bien ce que vous alliez vous dire, non ?

– Euh... oui, c'est bien ça, avoua Sylvain.

– Et vous y êtes, mon vieux ! Bravo, et bienvenue. Bien sûr, vous n'êtes qu'au premier. D'ailleurs, si vous regardez en haut, il y a un ciel. C'est le deuxième.

– Au ciel ? Qu'est-ce que vous me racontez là ? Et puis, je ne peux pas être au ciel : j'ai un corps. Vous aussi, d'ailleurs... quoique la nature ne vous ait guère gâté.

– C'est évidemment plus pratique de donner une forme familière à ce que vous regardez, mais vous verrez que vous n'êtes nullement obligé de le faire. J'ai le corps que vous m'avez prêté après avoir perçu ma présence joviale. Dites, c'est parce que vous n'aimez pas les gens que vous les faites si laids ?

Qu'est-ce que c'était que cet avorton ? Pour qui se prenait-il ? Quel sans-gêne ! Un effronté !

Sylvain serra les poings, mais avant qu'il n'apostrophe le petit homme, il vit le nez de celui-ci frétiller, se contracter, se déplacer vers le haut du visage, puis s'immobiliser en plein milieu du front.

– Mais c'est horrible ! s'écria Sylvain avec un mouvement de recul.

– Oh ! Je vois ! fit l'autre en se tâtant le front. C'est à cause du jeu de mots dans vos pensées.

– Quoi ? Quel jeu de mots ?

– Nez fronté. Chassez-le de vos pensées, et mon nez reprendra sa place. Je vous l'ai dit, c'est vous qui donnez une forme à ce que vous percevez. Allez-y, mon vieux, essayez.

Sylvain se surprit lui-même : au lieu de remettre le nabot à sa place, il ferma les yeux bien fort et se força à penser qu'il avait devant lui un homme normal. Un chouette type. Un beau gosse, quoi.

Lorsqu'il regarda de nouveau, l'étranger avait grandi de trente centimètres, son nez se trouvait au bon endroit, et il arborait une magnifique chevelure bouclée.

— Ça… ça…

— Ça marche tout seul, continua l'étranger. Et cessez de m'appeler n'importe comment. Appelez-moi Chose. C'est un nom bien de chez vous, que vous n'oublierez pas.

— Mais vous lisez mes pensées ! s'indigna Sylvain.

— Elles sont comme un livre ouvert. Vous arriverez à le faire si vous restez suffisamment longtemps parmi…

— Je vous interdis de lire mes pensées ! Pas question que vous lisiez mon livre en ma présence ! Et puis d'abord, auriez-vous l'obligeance d'abandonner ce sourire en guidon de moto ? C'est irritant, à la longue.

— Ça ? fit Chose en étirant ses bajoues. Ne vous en faites pas. Vous allez l'arborer vous aussi avant longtemps. C'est là, en quelque sorte, que tout commence.

Ce type était fou à lier ! Pas question de le contredire. Mais pour ce qui était de sourire comme un idiot, Sylvain sourirait lorsqu'il en verrait l'opportunité, pas avant. Surtout pas maintenant.

Brusquement, il porta les mains à son visage et tâta le pourtour de sa bouche. N'y avait-il pas une large amorce de sourire sur ses lèvres ?

Jocelyne appuya plus fort ses mains sur ses yeux. Rien à faire. Le cadavre éventré refusait de s'en aller. Pourquoi la hantait-il sans cesse ? Pourquoi ne la laissait-il pas en paix ? Il l'avait suivie jusque dans sa cellule et continuait de la narguer. Elle pensa à autre chose. Peut-être qu'ainsi le cadavre la quitterait enfin.

En cellule ! Ils l'avaient mise en cellule ! Et sans ménagement : on l'avait traitée comme on traite les ordures du genre de celui qui avait poignardé le...

La plaie béante sur la peau blême s'imposa de nouveau à ses pensées. Son bras droit se tendit vers un cadavre imaginaire et une note ultrasonique franchit le passage endolori de sa gorge. Mais un élancement subit à son cou, séquelle de la prise de tête savamment appliquée par le policier, força Jocelyne au calme. Gardiens de la paix, ouais...

Sylvain, mon amour, viens me chercher !

On l'avait embarquée parce qu'elle avait troublé l'ordre. Le cadavre, lui, n'avait pas été embarqué. Normal, puisque personne ne s'en était plaint (Jocelyne se raisonna : quelqu'un avait sûrement fini par ramasser le cadavre, mais il reste que c'était elle qu'on avait embarquée en premier). C'est sans doute parce qu'elle s'y était prise de la mauvaise façon pour signaler la présence du macchabée. La procédure ! Il fallait respecter la procédure, sinon c'était le chaos !

La prise de tête faisait-elle partie de la procédure ? Et la bousculade ? Et la clé de bras japonaise ? Non ! Tout cet étalage de techniques savantes n'avait pas sa place dans l'arrestation d'une honnête citoyenne. C'était inadmissible, et Jocelyne porterait plainte ! À qui, au fait ? Aux policiers, ces brutes ? Le prochain qui se présenterait…

Jocelyne empoigna les barreaux de sa cellule et voulut crier pour attirer l'attention de quelqu'un. Une lime de feu racla sa gorge et le cri mourut au bord de ses lèvres. Elle se résigna à attendre. Au poste de police. En cellule.

Pour passer le temps, elle commença à tracer des arabesques avec ses ongles, minutieusement, sur le ciment du mur.

Il viendrait sûrement un garde bientôt.

À ce moment, ses ongles seraient prêts.

Impossible d'imposer sa volonté à ses muscles faciaux. Les commissures des lèvres de

Sylvain refusaient obstinément de s'abaisser. Pire : il sentait au-dedans de lui une espèce de chatouillement qui faisait se crisper son visage et secouait ses épaules.

– Oh! c'est inutile ! Des milliards d'autres ont essayé avant vous, dit Chose, sans se départir de son sourire.

– Je vous ai dit de cesser de lire mes pensées, espèce de fouine !

Sylvain regretta ses paroles mais déjà, le visage de Chose s'allongeait et prenait la forme de celui d'un petit carnassier. Son corps se fuselait et une tache blanche apparut sur sa gorge. De longs poils drus poussaient sous son museau. Sylvain se couvrit les yeux.

– Désolé, dit Chose, mais ce n'est pas facile. Vos pensées vous enveloppent complètement, si vous regardez bien.

Sylvain jeta un rapide coup d'œil autour de lui — en prenant soin d'éviter la fouine. Les arbres gracieux comme des déesses grecques semblaient rire doucement sous la caresse d'une brise qu'il ne sentait même pas. Le long du sentier derrière lui venaient d'apparaître des fleurs tellement délicates et délicieusement colorées qu'une larme d'émotion mouilla son œil.

Comme cette larme déformait sa vision, il remarqua autre chose. Des formes subtiles flottaient autour de lui. Quand il y porta toute son attention, elles se multiplièrent dans un jaillissement scintillant, comme une fontaine, certaines complètement transparentes, d'autres diaphanes. Sylvain tendit un bras vers ces merveilles et faillit poser une question.

— Vos pensées, bien sûr, approuva Chose. Avec un peu de pratique, vous en verrez à tout le monde et...

— J'apprendrai à les lire, pensez-vous ? coupa Sylvain en regardant juste au-dessus du petit homme, pendant qu'un large sourire étirait tous les muscles de son visage. Dites, pourquoi ai-je envie de rire ?

— Ah ! c'est parce que nous sommes tout près du Centre !

— Le Centre ?

— Mais oui, venez. Il *faut* voir le Centre. Et puisque vous avez songé à un sentier, pourquoi ne pas l'emprunter, tout simplement ? Vous connaissez l'adage : tous les sentiers mènent à Rome...

— Rome ?

— Au Centre, je veux dire.

La tendre caresse du sol sous ses pieds encouragea Sylvain à suivre son guide. Surtout que, sur son chemin, il savait qu'il trouverait tous les accessoires pour enlever la mousse fichée entre ses orteils ou pour gratter délicatement la plante de ses pieds.

À mesure qu'ils se rapprochaient du Centre, de nouvelles espèces d'arbres s'ajoutaient à la panoplie existante, les uns au feuillage en forme de dôme protecteur, les autres aux branches en bras de Çiva, égayés de toutes les couleurs du spectre et même de quelques autres, si douces qu'elles reposaient l'œil. Un soupir d'admiration franchit les lèvres de Sylvain.

Ah! Si seulement Jocelyne...

Un immense bruit de battement d'ailes enfla quelque part devant. Cela s'éleva vers le ciel. Chose fit signe à Sylvain d'observer et lui adressa quelques pensées.

— Un envol de chérubins? fit Sylvain, en portant un regard incrédule vers le haut.

Sur le fond rose du deuxième ciel se découpaient une trentaine de chérubins dodus groupés en quinconce. Ils prenaient de l'altitude, en emportant sous eux une nacelle remplie de gens apparemment heureux, d'après les éclats de voix qui s'en échappaient.

Tant de splendeur! Tant de beauté et d'enchantement! Malgré la joie qui secouait ses épaules et gonflait son cœur, Sylvain sentit deux ruisselets de larmes dévaler son visage. Mieux valait en rire, puisque de toute façon il ne pouvait s'en empêcher.

— Ces gens s'en vont au ciel, dit Chose. Le deuxième, je veux dire. Ils ont perdu suffisamment de substance pour le faire.

— Substance?

— À chaque ciel on en perd un peu. Ici, c'est par le rire.

— Qu'est-ce qu'il y a de si drôle?

— Une fois rendu au Centre, vous verrez. C'est là que tout se passe. La magnificence y est telle que… Mais regardez dans quel état vous êtes, et vous n'avez toujours rien vu. Attendez de connaître l'insoutenable joie d'y séjourner.

— Eh bien ! ça me fera bien plaisir de voir tout ça ! Ce Centre me semble intéressant. Mais un peu plus tard, si ça ne vous fait rien. Je me sens un peu lourd, tout à coup. Reposons-nous un instant, ajouta Sylvain en s'installant sur un hamac de lianes qui venait de se tendre entre deux arbres.

— Lourd, dites-vous ? Oh oh ! voilà qui est inquiétant ! Enfin, cela dépend du point de vue. Voilà pourquoi vous faites si piètre figure au niveau de l'apprentissage de…

— Ça va, ça va, j'ai compris ! Allez, on y va. Ouf ! C'est comme si mes genoux devaient soutenir la panse de Pantagruel… hi hi hi !

— Si vous tenez réellement à voir le Centre, je vous conseille d'allonger le pas sans tarder. Je crois bien que, finalement, vous n'êtes que de passage ici.

La salle d'audience était bondée. Dans tous les coins il y avait des gardiens, fixés comme des moisissures. Blancs, Noirs, Jaunes, femmes et hommes formaient une éclatante macédoine sur les bancs de bois, et le tout s'écoulait lentement vers le box des accusés. À l'avant, plaqué contre le mur, un homme en uniforme semblait avoir pour unique fonction de ravitailler en liquide le juge verbeux dont les postillons éclaboussaient les premières rangées.

Jocelyne, hormis attendre son tour de comparaître, n'avait pas grand-chose à faire pour passer le temps. Elle nota toutefois la grande subtilité dont faisait preuve l'appareil judiciaire pour décourager les récidives criminelles. La conception des bancs, par exemple, qui possédaient tout le confort et le support d'une corde de bois éboulée, visait certainement à décourager toute velléité de récidive chez les accusés.

La leçon porta. Jocelyne se promit, en massant ses reins, qu'on ne la reprendrait plus à faire du bruit. Avec effort, elle déglutit. Sa gorge était si enflée que cela devait se voir à l'œil nu.

La justice, inexorablement, ingurgitait sa macédoine humaine. Bientôt, Jocelyne fut la prochaine bouchée. L'averse de postillons du juge se tarit subitement, tandis qu'un puissant coup de maillet faisait frémir le bois de son pupitre. Un autre homme en uniforme sursauta, se leva, se racla la gorge.

— Jocelyne Lacroix, dit l'homme d'une voix solennelle, veuillez vous lever et vous rendre dans le box des accusés.

Elle s'approcha, craintive, crispée. Pendant les quelques secondes que mit Jocelyne à se rendre dans le box, les raisons de sa présence en cet endroit revinrent brutalement à son esprit, et un spasme agita son bras droit. Le bras cherchait à pointer un cadavre qu'elle savait imaginaire. Elle parvint, au prix d'un effort soutenu, à le contrôler. Surtout, ne pas fermer les yeux, car la vision du cadavre l'attendait, juste là, dans sa tête.

Ne sachant où poser son regard, Jocelyne se tourna vers le juge. Celui-ci tâtonnait, du bout de son maillet, la paperasse sur son pupitre, tassant, fouinant, retournant les dossiers, soupirant, murmurant, grognant à propos de choses connues de lui seul. Puis il trouva. Un sourire fendit son visage, pendant qu'il tendait une main vers son verre. Ravitaillement.

– Jocelyne Lacroix, dit-il en essuyant sa bouche avec un coin de sa toge, comme vous n'êtes que la quarante-huitième des cent vingt-six causes que je dois entendre aujourd'hui, je serai bref. Nous jugerons un acte grave que vous avez perpétré dans votre cellule. Vous êtes accusée d'avoir levé un bras puis de l'avoir sauvagement rabattu sur les amourettes de l'agent Bonsaint ici présent... les parties intimes, je veux dire. D'ailleurs, j'invite à la barre l'agent Bonsaint afin qu'il nous confie son témoignage.

Une montagne de chair se dirigea vers l'avant de la salle et prit place à la gauche du juge, juste un peu plus bas. L'agent ne semblait pas en bonne forme, son visage avait même l'éclat d'un soleil couchant. Jocelyne reconnut néanmoins sans peine le geôlier sur qui elle avait reporté sa frustration et son désarroi. L'agent prit une profonde inspiration.

– Je me rendais à la... hum hum...

Il avait parlé d'une voix lilliputienne, ce qui sembla l'embarrasser. Jocelyne regretta le geste qu'elle avait posé contre lui, car pour un homme de cette profession, une voix haut perchée avait certainement quelque chose d'humiliant. Peut-être l'agent Bonsaint avait-il perdu toute autorité ? Quoi qu'il en soit, l'imposant homme fit l'impossible pour parler avec dignité.

– Je me rendais à la cellule 6 pour annoncer à l'accusée qu'elle était libre après sa nuit en prison et qu'on ne retiendrait pas de charge contre elle. En pénétrant dans sa cellule, je lui ai trouvé un air bizarre, à quatre pattes sur son grabat. Quand je lui ai dit qu'elle pouvait sortir, elle a grogné et s'est mise à gratter le mur. Ses lèvres étaient retroussées, c'est ce qui m'a mis mal à l'aise, je crois. Et son regard, oui, son regard. Enfin, j'ai fait un pas vers elle, et c'est alors que... que... oh ! mon Dieu ! iiiiiiiii !

La voix de l'agent Bonsaint s'était soudain brisée, entraînant son hurlement deux octaves plus haut. Il s'effondra finalement sur la barre des témoins, apparemment anéanti. Deux gardiens vinrent l'aider à regagner sa place dans l'assistance.

Ému, le juge camoufla son trouble derrière le tonnerre de son maillet. Il fouilla de nouveau

dans ses papiers et en tira un de l'amoncelle-
ment. Ravitaillement.

– Je vais maintenant entendre le témoignage de l'accusée. Jocelyne Lacroix, puisque
vous n'avez pas demandé l'assistance d'un avo-
cat, vous devrez vous vendre vous-même...
vous défendre, je veux dire. Monsieur le procureur de la Couronne, elle est à vous.

Un homme affichant une grande droiture
bondit de son siège et trotta jusqu'à Jocelyne,
qu'il vrilla d'un regard noir.

– En bref, fit-il d'une voix cinglante, vous
avez sauvagement agressé l'agent Bonsaint.

Jocelyne eut un mouvement de recul. Le
procureur avait prononcé sa phrase de telle
façon que l'intonation était passée inaperçue.
Affirmation? Question? Bluff? Félicitations?
Allait-elle ouvrir la bouche malgré la douleur
à sa gorge, et malgré le risque de faire sortir
de sa tête l'image monstrueuse du cadavre
éventré?

– Niez-vous? aboya le procureur.

Elle crispa les mains sur le bord de son
siège, puis souffla brutalement l'air de ses
poumons, dans l'espoir d'articuler quelques
circonstances atténuantes. Seul un vent brûlant remonta sa gorge. Si Sylvain avait été là, il
aurait pris sa défense!

– En effet, dit le juge en faisant tournoyer
son maillet : niez-vous?

Jocelyne se convulsait sur son siège, pressait les veines gonflées qui couraient sur son

cou, mais sa bouche demeurait ouverte comme un grand livre sans mots. Le cadavre allait revenir, elle en était certaine. Pourquoi refusait-il de la quitter ?

— Monsieur le juge, dit le Procureur en se détournant d'elle, comme l'accusée n'a rien à dire pour sa défense, je recommande que soit maintenue l'accusation d'attentat sur la personne du patrimoine familial de l'agent Bonsaint. Je n'ai rien à ajouter, si ce n'est un petit mot de la victime qui remercie l'escouade tactique, de passage au poste le matin de l'attentat, d'être intervenue pour maîtriser cette furie.

— Et hop ! fit le juge en cassant son maillet sur le pupitre.

— Encore un petit effort, mon vieux. Nous y sommes presque.

— … ffff… j'en peux plus… fffff… ha ha ha ! Ouhhh ! mon ventre… hi hi hi !

Sylvain s'écroula lourdement, trop affligé pour décider si c'était son inexplicable état de lourdeur qui le clouait au sol, ou bien ses accès de rire incontrôlables. À peine avait-il eu le temps d'imaginer un arbuste pour amortir sa chute.

Malgré son hilarité, Sylvain ne pouvait se débarrasser d'un petit nuage qui obscurcissait ses pensées, une espèce d'inquiétude tapie dans un recoin de sa conscience, comme s'il pressentait un événement à venir. Quelque chose d'important, qu'il ne se sentait pas la force d'affronter tout seul. Jocelyne ! Il lui manquait sa Jocelyne, son complément, cette partie de lui-même sans qui il se sentait diminué, affaibli, incomplet.

— Je vous conseille de changer de pensées, dit Chose. Vous allez me rendre malade avec votre grisaille.

Effectivement, tout le paysage autour de lui était devenu terne, sans éclat aucun, déprimant.

— Mais je m'ennuie de ma blonde ! Où est-elle ? Vais-je la revoir ? Vous ne comprenez donc rien à ces sentiments ?

— Allez, reprit le petit homme souriant en lui tapotant l'épaule, amusez-vous, vous êtes au premier ciel.

Au contact de la main de Chose, un frisson parcourut Sylvain, et son sourire lui revint pendant que le premier ciel reprenait toute sa magnificence.

Dix pas devant, un arc-en-ciel traçait une frontière multicolore. Le Centre ? Le faisceau de couleurs était si gros qu'il emplissait tout l'espace entre le sol et le deuxième ciel. De l'autre côté de la frontière, des arbres à l'écorce plissée comme des dizaines de sourires se donnaient l'impression de se tenir le tronc à pleines branches, tandis que leurs feuilles bruissaient par saccades, comme en réponse à la meilleure des blagues végétales.

– C'est dommage de vous voir essoufflé et soucieux ! articula Chose en hurlant soudain de rire.

– Et lourd, hi hi hi !

Dans une tentative désespérée pour se relever, Sylvain agrippa une main du petit homme plié en deux et se hissa. Il fit ensuite apparaître un bonsaï et se laissa tomber sur la courbure de son tronc, juste à la bonne hauteur. Curieusement, son guide lui paraissait beaucoup plus grand que tout à l'heure. Un géant, presque. Les arbres, tout à coup, étaient énormes. Et le sentier, les brindilles…

– Comment vous sentez-vous ? ricana Chose.

– Comme un obèse dans une combinaison spatiale. Hi hi hi ! C'est grave, docteur ? Hi hi hi ! Faut que je le dise… ffff… ça m'inquiète… je me sens comprimé… ffff… compressé… veux voir ma blonde et…

– Un jour, vous la reverrez, promit Chose en se tenant les côtes.

– Bon… ffff… on y va ? dit Sylvain en désignant l'arc-en-ciel.

– Vaut mieux pas. Vous n'y résisteriez pas, puisque vous n'êtes pas prêt.

– Voilà autre chose ! Comment ça, ffff… ffff… pas prêt ? Vous n'avez pas cessé de me parler du Centre… ffff… et maintenant qu'on y est, vous me dites de ne pas… ffff… y aller ? Vous êtes un sacré… farceur ! Hi hi hi ! Ho ho ho ! ffff…

31

Sylvain se serait brusquement redressé s'il en avait eu la possibilité. Or il avait l'impression de peser des tonnes, bien assez en tout cas pour que l'idée de se soulever parût totalement irréalisable.

Chose sembla réfléchir intensément, puis pouffa de rire.

— Peut-être y a-t-il de l'inaccompli dans votre cas. En bas, je veux dire. Chez vous, quoi. Avez-vous laissé un être en détresse ? Ami, famille, perruche ? Une contravention impayée, ou un plat sur le feu...

Un sifflement strident traversa le ciel à toute allure en direction du Centre, faisant sursauter Sylvain. Il y eut un bruit de grésillement tout là-bas, après quoi l'objet repassa tout aussi rapidement en sens inverse.

— Ne vous en faites pas, ce n'est qu'un suicidé. Les suicidés ne peuvent même pas se poser ici. Ils font un aller-retour, comme ça. Mais, ho ho ho ! vous ne m'avez pas répondu, jeune coquin !

— De... ffff... l'eau sur le feu ? Non... ffff... je ne crois pas. Hi hi hi ! Rien de tout ça... ffff... misère à respirer... mais ma blonde et moi... ffff... pas eu le temps de faire... ffff... grand-chose ensemble...

— Ah ! tout s'explique, alors ! Votre destinée est régie par le quatrième Grand Principe : le Juste Retour des Choses. Comme tous ceux qui, pour une raison ou une autre, ne sont pas prêts, vous n'êtes pas ici pour longtemps.

Comme eux, vous allez vous compacter, vous alourdir, et enfin déval… Tiens, il y a de l'activité là-bas.

En effet, deux hommes s'approchaient de la limite du Centre, pliés en deux eux aussi. Leur visage était si rouge que les deux hommes semblaient sur le point d'éclater. Ils avançaient appuyés l'un sur l'autre, chacun tentant d'essuyer les cascades de larmes qui suivaient leurs rides en soulignant chaque rigole d'une trace luisante.

L'un d'eux ramassa un billot de belle taille qui traînait par terre et, d'un élan digne d'un champion frappeur au base-ball, en balança un coup formidable sur la tête de son compagnon. Celui-ci aussitôt cessa de rire et adressa un signe de tête approbateur au premier homme, qui le contemplait, le billot posé sur son épaule. C'était probablement l'effet recherché, songea Sylvain, car soudain le billot avait changé de mains et ce fut au tour du premier homme de se faire aplatir la coiffure.

Au moment où Sylvain allait formuler sa question, Chose l'interrompit.

– C'est la méthode de relaxation de ceux qui n'en peuvent plus. Ils s'approchent de la périphérie, où le Centre est moins drôle, et s'envoient mutuellement un peu de douleur pour se détendre de tout ce rire.

Le billot avait de nouveau changé de mains, car le deuxième homme s'était remis à se tordre de rire. Sylvain se détourna de ce grotesque et pénible spectacle, puis se laissa bercer par la vue du décor exquis qui l'entourait, de cette colline voluptueuse dont les formes invitaient à l'émerveillement. Des larmes s'écoulaient doucement sur ses joues bouffies de plaisir.

C'était donc ça, le ciel — le premier, du moins. Un endroit d'une beauté surhumaine, qui génère un bonheur... inhumain. Sylvain se tourna. Chose le dominait maintenant de plusieurs têtes, affichant toujours son air carnavalesque.

Des éclats de voix attirèrent leur attention. Péniblement, Sylvain tourna son corps lourd et maladroit. Trois copies exactes de Chose venaient de quitter les limites du Centre, chacune poussant un petit objet rond et apparemment lourd. Les trois Chose se dirigeaient vers un terrain dénudé et parfaitement plat, que Sylvain n'avait pas remarqué jusque-là.

L'une des copies de Chose était une femme, constata-t-il en sentant une chaleur parcourir son corps. Il détourna son regard, et prit aussitôt conscience qu'ils étaient nus.

— Mais vous êtes tout nu ! cria-t-il à Chose, qui se tenait tout près de lui.

— Si vous avez vu que je suis nu, c'est donc que vous avez péché, mon vieux.

— Hein ? Quoi ?

— C'est une blague, mon vieux ! Hi hi hi ! Pas de panique ! Ha ha ha !

— Mais je suis tout nu !

— Ha ha ha ! Arrêtez ! Hou hou hou ! Snif ! Snif !

— Mais arrêtez vous-même ! Oh ! et puis, zut !

Sylvain abandonna Chose à son hilarité. Les trois autres personnes s'étaient arrêtées au bord d'une pente qui plongeait vers le bas, tellement bas que son extrémité se perdait dans le lointain. Elles étaient pour l'instant presque couchées sur les objets ronds et laissaient s'écouler leur trop-plein de joie. Sylvain voulut se traîner dans leur direction, car quelque chose l'intriguait à propos de ces curieuses boules. Il s'aperçut que ces objets n'étaient pas vraiment ronds. Et qu'il ne s'agissait pas d'objets.

Des gens ! Des nains, incroyablement trapus et recroquevillés !

— Qu'est-ce que c'est que… ffff… ce jeu idiot ? Le… ffff… rouler du nabot ? Hi hi hi !

— Ces gens ne sont plus capables de se déplacer eux-mêmes. Leur corps se compacte jusqu'à perdre toute forme. Ils sont comme vous : pas prêts. On les pousse vers les orifices de retour, le long de la pente. Faut bien les aider, non ?

— … ffff… retour ?

Ici aussi, au pénitencier, la justice faisait de louables efforts pour enrayer la récidive criminelle.

Les tuiles du plancher étaient glacées, la couleur des murs aurait fait pleurer le plus convaincu des Jovialistes, la fenêtre donnait sur un désolant mur de béton, et d'innombrables ressorts se dressaient sur le lit comme de longs poils rebelles et frisés. Quand Jocelyne fermait les yeux sur ce décor de misère, la vision du cadavre éventré se profilait sur son écran intérieur.

Elle arpentait sa cellule. Comme elle en avait pour cinq ans, aussi bien s'y appliquer tout de suite, bien qu'elle ne pût malheureusement le faire en tout confort. Jocelyne devait se traîner les pieds pour ne pas perdre ses souliers, dont on lui avait subtilisé les lacets sans lui expliquer pourquoi. Pour une raison similaire, peut-être, son pantalon descendait à chaque pas car on lui avait enlevé sa ceinture. Les gardes avaient même pris le lacet de cuir qui fermait le haut de son chandail, offrant par le fait même la poitrine de Jocelyne à la caresse glacée de l'air ambiant.

Sa gorge, par contre, prenait du mieux. Elle était même presque guérie. Ceci permettait à Jocelyne, la nuit, d'agrémenter ses cauchemars de longs hurlements bien sentis. Loin de la soulager, leur écho froid revenait sans cesse lui rappeler combien longue et pénible serait sa détention.

Jamais elle ne passerait à travers sans aide, sans support, sans l'amour de son Sylvain pour la gonfler d'énergie. Sans lui, elle n'était plus elle-même. Elle devenait un être incomplet, sans but, sans aspiration, sans défense.

Jocelyne se laissa choir sur le lit, puis tressaillit. Un ressort bien dru pointait en plein sur une de ses fesses.

Il lui vint à l'esprit qu'il n'y avait plus que de la laideur autour d'elle. Elle était partout, il y en avait de plus en plus qui s'engouffrait entre les barreaux de sa minuscule fenêtre, dégoulinait le long des murs, rampait sur le plancher froid, s'étendait sur les couvertures de son lit. Toute sa cellule, son univers, était laideur.

Pendant un long moment, Jocelyne contempla les barreaux de sa fenêtre, puis ceux de la porte. Maintenant elle pouvait comprendre les périodes dépressives de sa perruche. Mieux, elle ressentait ce que vivait le pauvre oiseau dans son salon. Ce confinement, cette impuissance, ce décor... Incapable de soutenir plus longtemps la vue de son décor, elle abaissa son regard vers le sol, où ses pieds clapotaient dans la laideur.

Sans plus réfléchir, elle ferma les yeux, libérant dans sa tête l'image du cadavre éventré. Jocelyne plaqua ses mains sur ses yeux fermés. Juste avant qu'un cri ne franchisse ses lèvres, une idée subite la fit se retenir. Elle reporta son attention sur la vision, et pour la première fois, s'efforça de ne pas regarder uniquement les contours déchiquetés de la plaie. Ce cadavre, il possédait un visage, non ? Oui, juste là, tout près de la plaie...

Soudain son sang se figea dans ses veines, et son cœur devint roc dans sa poitrine. Une seconde plus tard, le hurlement longtemps contenu quitta enfin sa gorge. Quand Jocelyne ouvrit les yeux pour crier davantage, le cadavre disparut.

Sylvain ! C'était Sylvain ! Son Sylvain !

Dans son affolement, dans la panique qui s'était emparée d'elle au moment où le drame s'était déroulé, jamais elle n'avait songé à regarder les traits du cadavre. Il y avait par terre un type éventré, Sylvain n'était plus là. Le cerveau bloqué de Jocelyne n'avait pas fait le lien entre les deux. Elle était restée figée tout ce temps comme dans un mauvais rêve, et voilà que tout à coup elle se réveillait dans une réalité plus abominable encore.

Maintenant elle comprenait pourquoi Sylvain l'avait abandonnée, pourquoi il n'était plus à ses côtés pour la protéger et la réconforter dans la chaleur de son corps.

C'est parce qu'il était mort, et que plus jamais elle ne le reverrait.

Toute envie de lutter contre sa condition s'enfuit entre les étroits barreaux de sa fenêtre, abandonnant Jocelyne avec l'idée noire qu'elle était une femme absolument minable. Minable. Sinon, elle ne serait pas là — et Sylvain, lui, y serait-il ? Comment avait-elle pu se croire moins abjecte que ce qu'en disait l'appareil judiciaire ? Cette idée s'était rapidement effritée au contact du béton de sa cellule. Elle avait osé troubler l'ordre ! Une hystérique est bien plus indésirable qu'un cadavre, c'est sûr — du moins tant que celui-ci contrôle ses gaz. Et puis, existe-t-il crime plus monstrueux que l'assaut sauvage contre un représentant de l'ordre ? Qu'en dirait Sylvain ? Rien. Il n'y avait plus de Sylvain.

Rassemblant ses forces, Jocelyne se leva et marcha jusqu'à la fenêtre, fendant les flots de laideur dont le niveau atteignait sa poitrine. Elle tendit un bras, toucha un barreau. Un peu plus de deux mètres.

Quelques contorsions plus tard, elle avait dégrafé son soutien-gorge et en avait fixé une extrémité au premier barreau. Jocelyne dut grimper sur un coin du lit afin de passer sa tête dans le nœud qu'elle avait fait dans la deuxième bretelle.

Ne restait plus qu'à donner un petit coup de cœur, un petit coup de pied, en fait, sur le coin du lit, pour le pousser, l'envoyer au loin, pour qu'il emporte avec lui tous les tracas de la vie. Avant, toutefois, Jocelyne prit le temps de penser à Sylvain. À *son* Sylvain, celui qui n'aurait jamais permis que le moindre malheur arrive à sa bien-aimée, qui se serait dressé dans l'adversité pour la défendre, l'aurait serrée contre sa poitrine brûlante pour la réconforter.

Mais c'est à lui que le malheur était arrivé, et c'est là, en quelque sorte, que la vie de Jocelyne avait pris fin.

Elle appuya fermement son dos sur le ciment froid du mur et prit une profonde inspiration. D'une brusque détente de la jambe, elle repoussa son lit le plus loin qu'elle put. Le premier pas du grand départ, le début du grand voyage. La bretelle du soutien-gorge enserra sa gorge.

Au bout de sa corde improvisée, Jocelyne entama sa dernière gigue en ce monde.

— Allez... ffff... un peu de nerf... ffff... mon vieux ! Après tout, c'est vous... ffff... qui vouliez vous rendre au bord de cette... ffff... de cette pente !

— Puis-je vous faire remarquer que le sentier que nous suivons va en montant, et que vous-même n'êtes pas encore tout à fait rond ? Un peu de patience, et je finirai bien par vous pousser jusqu'en haut. Je sais bien que votre situation peut devenir pénible...

Pénible ? Pénible ? Quel dégoûtant euphémisme ! Sylvain n'était plus qu'un petit paquet de matière compacte, à peine capable d'aspirer de maigres goulées d'air, impuissant à déplacer sa misérable carcasse par lui-même. Et voilà que Chose qualifiait sa condition d'un rien désagréable ! Cet abruti voulait en plus l'envoyer rouler dans une pente ! Sylvain voulut crier son indignation, mais cela lui aurait demandé trop d'effort. Mieux valait bouder. Il bouda, pendant que le paysage tournait lentement autour de lui à mesure que Chose le poussait vers le début de la pente, qu'ils atteignirent finalement. Sylvain nota qu'il n'y avait plus rien de drôle dans cette partie du ciel, qu'il pouvait désormais souffrir en toute quiétude.

— Vous voilà sur la pente du retour, fit Chose d'un ton réjoui, en se massant les reins.

— Pourriez-vous me donner… ffff… un dernier quart de tour ? J'ai le… ffff… nez planté dans le sol.

Un sol qui au fait n'était pas comme ailleurs au premier ciel. Ici, comme dans la pente que Sylvain voyait plonger sous lui, la surface était parsemée de trous minuscules, qui semblaient plus nombreux vers le bas, où se dressait une forêt. Le décor glissa subitement devant ses yeux quand Chose le tourna vers le haut. Sylvain lui arrivait à peine à la hauteur du mollet.

— Dites, Chose, vous n'allez pas… ffff… m'envoyer rouler là-dedans ?

— Rassurez-vous, vous serez parti bien avant d'atteindre le bas, répondit-il avec entrain, en se penchant vers les yeux de Sylvain.

— Attendez ! ffff… ffff… Je ne suis pas prêt !

— Détendez-vous, voyons. Oh ! Quelle curieuse pensée vous avez là !

— Quoi ? ffff… Quelle pensée ?

— Vous croyez que je suis frustré et que je vous torture — quelle idée ! vous torturer, moi ! — pour me venger. Vous croyez que c'est parce que je n'ai pas accès au deuxième ciel. Pas du tout, je vous l'assure. Je ne veux pas aller ailleurs. J'adore mon métier de guide du premier ciel. Les conditions sont bonnes, et je n'ai pas constamment le patron sur les talons. Bon, assez parlé. Il est temps. Bon voyage !

– Non ! Attendez ! J'ai décidééééééééé…

D'un coup de pied, Chose l'envoya rouler dans la pente. Sylvain cahota quelques instants, puis prit de la vitesse. À chaque tour, les brins d'herbe lui paraissaient plus gros, presque des arbustes, et le moindre d'entre eux suffisait maintenant à faire dévier sa course.

Il prit conscience que les trous dans le sol n'avaient plus rien de minuscule, que leur nombre devenait impressionnant, et que si sa propre taille continuait de diminuer, il finirait par tomber dans l'un d'eux !

Malgré son affolement, Sylvain reconnut le sifflement puissant d'un ou une suicidée qui fendait l'air au-dessus de la pente. Le sifflement se doublait cette fois d'un hurlement au timbre curieux, agréable, comme s'il avait eu quelque chose de familier. Sa vitesse fulgurante le mit bientôt hors de portée, ne laissant plus à l'ouïe de Sylvain que le bruit de son spectaculaire déboulé dans la pente.

Soudain un énorme trou l'avala tout entier, et Sylvain chuta dans un entonnoir sombre et sans fin.

Bon. Et puis quoi encore ? C'est où, ici ? Le sous-sol du ciel ? Sa cave ? Comment on sort ?

Au moins, je respire. Et c'est facile. Au fait, je respire ?

Fait chaud, en tout cas. Et humide. Pas trop, quand même. Juste assez. Si seulement j'y voyais mieux ! Terriblement flou, tout ça. En fait, je ne vois rien.

En tout cas, je ne suis pas dans l'air. J'ai presque l'impression de flotter dans une substance épaisse. Dans l'eau ? Cette ordure de Chose m'aurait balancé dans la flotte ? Non. Je le saurais. J'étoufferais. Mais la sensation n'est pas désagréable. Je finirais par m'y habituer.

Quelqu'un tape sur un mur, ou plutôt au plafond. Enfin, quelque part au-dessus de moi. Boum-boum, boum-boum.

Chose, où m'as-tu envoyé, misérable farceur ? Attends que je te revoie ! J'ai hâte. C'était si beau, là-bas ! Là-haut, je veux dire. Splendide.

Ici, c'est drôle — ou pas du tout —, j'ai l'impression de ne pas être tout seul. Même si le tapage est très loin au-dessus. Y a quelqu'un ?

Jocelyne, oh ma petite Jocelyne, il faut que tu te réveilles ! Ah ! ces affreux rêves d'où l'on

ne peut sortir tout en sachant que l'on se *doit*
de le faire !

Ouvre les yeux ! Un, deux, trois, hop !
Non ? Toujours pareil. Je ne me réveille pas,
ou bien je ne dors pas. Je me sens mal. Ma cellule était peut-être sordide, mais au moins je
savais où je me trouvais. Ma cellule... ma cellule... Quand donc l'ai-je quittée ?

C'est quoi, ce bruit de battement ? Ce liquide où je baigne ?

Hé ! ça bouge, ici !

Mais oui ! Il y a quelqu'un ! Que je connais !
C'est... non, ce fut ? C'était ?

Ce sera ?

Jocelyne ! Jocelyne ! Ma blonde ! Ma chérie ! Ici ?

Bon sang ! Je perds la tête !

Je crois soudain comprendre ce qui se
passe. Sauf que cela n'a pas de sens. Boum-
boum, boum-boum, plus chaleur humide,
j'évolue dans une substance épaisse...
Maman ! Je suis dans une maman ! Une future
maman. Non ! Je refuse de le croire !

C'est ça, que mon guide voulait dire par
« le juste retour des choses » ? C'est là que
mène « la pente du retour » ? C'est impossible ! C'est incroyable ! Et avec... avec...

Neuf mois... Attends que je me retourne.
Voilà. Je ne te vois pas, mais je sens ta présence,

je la reconnaîtrais entre mille, car tu es celle sans qui je ne serais pas complet. Neuf mois. On a le temps de tout oublier, hein Jocelyne, ma bien-aimée, ma sirène ?

Oublier... Toi, Sylvain, je ne t'ai pas oublié. Je ne veux pas t'oublier. Comment le pourrais-je ? Nous voici enfin réunis.

C'est drôle de se revoir comme ça. Je veux dire... je ne comprends rien de ce qui est arrivé.

Moi, fœtus... Ça donne un choc.

Quand naît le bébé, se souvient-il de ce qu'il y avait avant ? Vais-je oublier qui tu étais pour moi ?

Oublier. Non, je ne veux pas oublier tout ce que tu es. Cela ne se peut pas.

Est-ce pareil pour tout le monde ? Je veux dire, tous les fœtus sont-ils en fait des gens qui... Chaque nouvel être est-il en fait quelqu'un qui revient dans notre monde ?

Peu importe, puisque te voilà à mes côtés. Pour toujours.

À partir de quel moment oublie-t-on vraiment ?

J'ai bien peur, ma chère Jocelyne, que nous soyons condamnés à oublier qui nous étions l'un pour l'autre. Mais si c'est la force de notre amour qui a fait que nous nous retrouvons maintenant ici, dans la même matrice, alors je crois que nous serons toujours quelqu'un de spécial l'un pour l'autre.

Nous voici de nouveau liés pour la vie. Pour une autre vie.

L'amour avec un grand A

Robert Soulières

*À toutes celles qui m'ont aimé
pour l'éternité.*

*Il n'y a pas d'amour intelligent…
ça serait trop bête.*
Albert BRIE, *Le Retour du silencieux*

AMÉLIE était à la cafétéria et elle mangeait du spaghetti. Sans beaucoup d'entrain, il faut dire. De toute façon, le mardi, c'est toujours du spaghetti. Du spaghat' trop cuit avec une sauce brun rouge couronnée de tomates écrapouties au milieu. Pas de quoi féliciter le chef en tout cas. Au moins, c'est pas trop cher et le pain est bon.

A regardait partout mine de rien.

A regardait l'automne à travers les grandes fenêtres de la café. Elle contemplait les derniers petits oiseaux où il n'y en avait pas et elle

47

entendait leur chant. L'hiver s'en venait à grands pas, comme on dit.

A mangeait son spaghetti en rêvant. C'est si bon rêver ! Ça vient tout seul lorsqu'on s'en donne un peu la peine. Et on peut rêver partout. Dans l'autobus, dans sa chambre, à la café, au cours d'anglais ou d'histoire.

A regardait partout en attendant personne. De toute manière, plus souvent qu'autrement, Amélie dînait seule. Et cette solitude ne l'embêtait pas du tout. Amélie pouvait rêver à l'amour à sa guise. À l'amour et à celui qui s'appelle Alexandre.

Alexandre, comme dans Alexandre, le conquérant. Ciel ! qu'elle se laisserait donc conquérir par lui et sur-le-champ ! Immédiatement. Et tout de suite, s'il vous plaît.

Alexandre le tellement beau. Le tellement sexy avec ses jeans et son t-shirt trop grands pour lui. Alexandre le magnifique, lorsqu'il jouait au basket et qu'il enfilait six points de suite sans s'essouffler. Alexandre le beau parleur. Alexandre le grand charmeur. Et en plus, ce qui ne gâche rien, il ne semblait pas savoir qu'il possédait toutes ces qualités.

Ah ! heureusement que toutes les filles n'en étaient pas amoureuses, la concurrence aurait été trop épouvantable et éprouvante ! Et la timide Amélie n'aurait pas eu beaucoup de chance. Elle avait vite remarqué Alexandre lors de la rentrée. Un petit nouveau, c'est vite jugé. Il était dans ses cours de chimie et de maths. Dans le groupe enrichi. Alexandre le bolé qu'elle l'appelait, des fois... mais jamais au téléphone.

A rêvait encore tout haut et en couleurs lorsque, sorti de nulle part, il est venu s'asseoir devant elle. Il a bousculé la table avec fracas parce qu'il s'était accroché gauchement dedans. Il s'est excusé. Elle n'a rien dit sur le coup.

A l'a eu le souffle coupé.

A se demande encore pourquoi. Pourquoi elle ?

À ce moment-là.

Aujourd'hui.

À midi trente-huit.

Amélie aurait prié le ciel cent jours de suite, aurait monté les marches de l'Oratoire à genoux, aurait fait le pied de grue devant sa maison durant trois mois que cela ne se serait peut-être jamais produit. Mais il était là. Divinement là. Devant elle. Sans gêne. Là, tout simplement. Sans arrière-pensée sentimentale, elle l'aurait juré. Il était là sans doute parce qu'il n'y avait pas d'autres places ailleurs. Mais en regardant bien, oui. Il y avait exactement six chaises libres à quelques mètres de là. Le hasard n'existe peut-être plus.

Alexandre devant elle. Elle croyait rêver, mais cette fois-ci encore la réalité dépassait la fiction.

Amélie a englouti son spaghetti rapidement. Sans rien dire. Comme dans un film français où les silences comptent autant que les dialogues. Elle l'a laissé parler en premier. Peut-être qu'il voulait juste manger avec quelqu'un. Ou faire semblant de ne pas être seul. Pour être le spectateur du silence d'Amélie. Son doux silence. Les parents d'Amélie trouvaient leur fille trop tranquille, pas assez sorteuse. Trop tranquille, pas assez sorteuse, branchez-vous, les parents !

Alexandre, trop beau pour ne pas être vrai. Même avec ses trois ou quatre boutons, mettons dix. Elle le trouvait beau. Même avec ses lunettes qui lui donnaient un air vachement intello. Même avec ses immenses paluches dont chacune pouvait tenir un ballon de basket, elle le trouvait mignon.

As-tu tes notes de chimie ? J'ai été malade les deux derniers cours et, comme je sais que tu prends toujours de super bonnes notes, j'aimerais ça que tu me les passes. Je vais te les rendre demain midi. Promis. Je vais les copier ce soir et...

A l'a rien dit sur le coup. Trop surprise. Trop énervée par en dedans. Trop heureuse de rendre service et de le revoir, ça c'est sûr et certain.

Alors, il a répété sa demande.

A l'a dit oui. Elle était déjà sur le pilote automatique. Mais elle s'est vite ressaisie avant d'avoir l'air trop tarte. Les gars n'aiment pas les filles qui ont l'air tarte. Tu pourrais rapporter mes notes chez moi quand tu en auras fini, avait-elle dit dans un filet de voix. J'habite à trois rues de chez toi. Oui, c'est une bonne idée, avait-il répondu en rougissant presque.

A pris son sac et elle lui a remis son précieux butin. Il a frôlé sa main sans s'en apercevoir. Mais Amélie s'en était aperçue. On aurait dit la brise d'été qui caresse les arbres. Celle qui fait frissonner les écureuils. Sa main était extraordinairement douce pour un gars qui fait du sport. Puis, il a fini son spaghetti en bavardant avec elle. En jasant de tout et de rien. Des banalités. La jeune fille l'écoutait presque religieusement, disons. En se levant, il a dit : À demain. Avec un beau grand sourire. Elle a répondu : À demain. Avec un sourire dans les yeux.

À partir de maintenant, Amélie ne vivrait que pour demain. Heureusement, il ne restait que trente-deux heures à peu près. Ça s'endure assez bien.

À partir du lendemain, tout s'est passé très vite. Presque affreusement vite. Trop vite en tout cas. Le premier baiser. Les autres qui ont suivi. Aussi bons, aussi longs, aussi merveilleux. Les premières caresses. Celles que l'on n'oublie pas. Le McDo, les yeux dans les yeux ; le cinéma, la main dans la main ; la petite bulle qu'on se construit jour après jour, comme un igloo, pour être seuls au monde. Une petite maison bien à soi : brique par brique, silence par silence, regard par regard. Le patinage sur le canal Rideau. Les rires et les farces plates qu'on trouve drôles quand même. Les téléphones à n'en plus finir. S'endormir en serrant son oreiller bien fort. Se réveiller en se disant qu'on verra l'amour de sa vie dans moins d'une heure. S'embrasser encore et encore ; sur la rue, sur le trottoir, mais surtout sur la bouche. Ne vivre que pour l'autre ou presque. Puis, tout ça s'évanouit comme par enchantement... comme un château de cartes. Des fois, le bonheur, c'est comme l'eau qui vous file entre les doigts.

Avant même que le printemps ne commence, tout était fini. Mais oui, je t'aime encore, mais ce n'est plus comme avant. Restons amis. La belle phrase, oui. La belle menterie. Je n'ai jamais entendu une phrase aussi stupide. Une phrase qui fait aussi mal. Elle demande s'il y a une autre fille dans sa vie. Il dit non. Il dit non en fixant le plancher, le bout de ses souliers, le mur beige, l'horloge qui prolonge le supplice. Il dit non en regardant partout sauf en la regardant dans les yeux. Ses beaux yeux qu'il aimait tant, il n'y a pas si longtemps. Ses beaux yeux dans lesquels il se noyait avec bonheur chaque soir. Il ment maintenant comme il respire. Il y a sûrement une autre fille, ce n'est pas possible. Il jure que non. Mais elle ne le croit pas. Elle est amoureuse encore, mais elle n'est pas folle ni aveugle. Maintenant, les appels téléphoniques durent à peine cinq minutes. Amélie pense que son chat est mort. Alexandre n'emprunte plus ses notes de chimie et il mange maintenant avec sa gang.

Alissa est dans le décor. Elle est belle. Mais pas tant que ça. Elle a de beaux cheveux. Elle est mince. Trop mince. Je parierais ma blouse que cette fille-là est anorexique au cube. Maudite Alissa ! Amélie ne peut pas la blairer. Maudite Alissa, moi qui pensais que tu étais mon amie !

Amélie a deux yeux pour voir. Mais à quel moment précisément, à quelle minute Alexandre a-t-il commencé à moins l'aimer ? Était-ce un jeudi après une partie de basket ou un samedi après avoir regardé un vidéo chez elle ? Elle aimerait bien le savoir. Mettre le doigt dessus. Elle ne le saura sans doute jamais. Il y aura toujours des secrets impénétrables dans l'âme humaine.

À quoi bon !

Amélie pleure sa première peine d'amour. Elle l'aime encore de la racine des cheveux jusqu'au bout des ongles. Elle s'enferme seule dans sa chambre durant de longues soirées. Ses parents recommencent à trouver qu'elle est bien tranquille et constatent qu'Alexandre, qu'ils n'aiment pas tellement au fond, vient à la maison bien moins souvent que d'habitude.

Amélie est seule au monde. À la dérive dans sa peine. Le nez rouge. Les yeux rouges et le cœur en charpie. Ce n'est pas juste puisqu'elle l'a toujours aimé et qu'elle l'aime encore, elle. Elle aime encore avec un grand A.

A pleure le soir. Le matin aussi, le midi en cachette dans les toilettes et encore le soir.

A l'aurait envie d'en finir avec la vie. Déjà. Pourtant, elle ne fait que commencer...

A l'a le goût de se jeter en bas d'un pont. D'avaler cinquante-six mille cochonneries pour être ailleurs et ne plus souffrir.

Amélie a sombré dans la déprime. Quand même. Même si elle ne voulait pas. Son amour est devenu le Titanic. Et ses yeux, les chutes du Niagara. Tu ne t'en souviendras plus le jour de tes noces, avait dit son père. Maudite farce plate ! Il n'y a que lui pour en pousser de semblables dans des moments comme ça. Elle ne l'écoute même plus. Elle n'écoute que son cœur qui a mal. Que son cœur qui a de la peine à en mourir. Que son cœur qui se vide petit à petit.

Amélie ne s'accrochera pas à Alexandre. Elle n'insistera pas. Par orgueil. Par amour pour elle-même.

Après tout, c'est bien à elle qu'il a dit : *je t'aime*, la première fois. Ça compte ça. Et ça ne s'oubliera jamais.

Alissa peut bien prendre toute la place maintenant si elle veut. Elle le lui laisse, le beau Alexandre. Le maudit Alexandre. Alexandre, le roi des salauds.

Amélie reprend maintenant lentement le dessus. Elle mange. Elle parle. Elle sourit. Elle rêve un peu aussi. La vie est souvent plus forte que tout. Heureusement. L'eau a coulé sous les ponts et les larmes aussi sur ses joues. Puis, Amélie a connu Adam. Un gars drôle, mais qui niaisait souvent. Trop souvent à son goût, en tout cas. Pas fiable pour deux sous. Toujours en retard. Jamais un mot d'excuse.

A l'a laissé tomber. C'est la première fois qu'elle laisse tomber un gars. Amélie s'aperçoit que ça fait moins mal que lorsqu'on est laissée. On se sent encore comme une ordure, mais pas dans le même sens du terme. C'est drôle. Puis, elle a rencontré Alexis.

Avec Alexis, c'est le sport, toujours le sport. C'est humiliant de passer toujours après le base-ball, le hockey, le soccer, le football… Alouette ! Les sports pis les chars. On dirait que ça va ensemble. Ensuite, ce fut Anthony, un poète. La tête dans les nuages, mais les deux pieds dans la bière. Il prenait un verre. Deux, des fois. Souvent plus. Elle a donc laissé le poète avec son vers de trop avant qu'il ne l'apostrophe pour de bon. L'amour, la haine plutôt, laisse toujours des marques, mais elle ne voulait pas de celles-là.

Arnaud travaillait dans une banque. Elle l'a aimé à la folie. Sans compter, c'est le cas de le dire. Elle aurait tout laissé pour lui. Elle aurait été au bout du monde pour aller lui chercher un litre de lait, s'il le lui avait demandé.

Mais pas lui, par contre. Pour dire vrai, il était déjà marié et il avait deux enfants. Amélie a pleuré toutes les larmes de son corps, même si elle croyait depuis longtemps qu'il ne lui en restait plus. Chaque fois qu'Amélie donne son cœur et son corps, chaque fois, elle pense que c'est pour l'éternité.

Alexandre est devenu un beau souvenir, mais elle ne se rappelle plus très bien son nom de famille. C'était Arsenault ou Archambault ? C'était Arsenault, lui a confirmé Alissa, qui est redevenue sa grande copine.

Andrew, quelques années plus tard, est arrivé comme un rayon de soleil. Et il est reparti en laissant la pluie… puis un arc-en-ciel tout de suite après. L'arc-en-ciel se prénomme Simon, un enfant qu'Andrew a laissé derrière lui avant de partir. Il était déjà parti des dizaines de fois avant de la laisser tomber pour de bon. Par la suite, Andrew n'a jamais donné signe de vie… ni signe de piastres. C'est bizarre, mais Amélie a toujours cru qu'il reviendrait un jour. Son mari n'est jamais revenu. On peut se tromper parfois.

Antoine ! C'était vraiment l'amour avec un gros tas. Mais qu'est-ce qu'il était bien venu faire dans sa vie, celui-là ? Avec l'expérience qu'elle avait, comment avait-elle pu s'embarquer dans une histoire semblable, dans une chaloupe sans rames, avec un type comme ça ? Comment avait-elle pu s'amouracher bêtement d'un mec comme lui ? Un grand mystère. Que des regrets... sans les pleurs toutefois.

Amélie n'a jamais pensé qu'elle aimerait aussi souvent et aussi fort dans la vie. C'était toujours comme si c'était la première fois. La première fois qui doit ressembler à la dernière.

Amélie frôle la soixantaine. Son fils est grand et elle ne le voit plus très souvent. Il vit à Vancouver. Aussi bien dire à l'autre bout du bout du monde et il fait des affaires d'or avec des Asiatiques. Il a l'air d'aimer la vie. Et la vie a l'air de lui rendre la pareille. Amélie aurait bien aimé avoir une fille aussi...

Amélie est toute seule aujourd'hui. Elle ne s'en fait pas. Elle est bien. On est toujours bien quand on est bien avec soi-même. L'amour revient toujours, car il ne s'en va jamais complètement, lui avait dit Alissa qui était redevenue sa meilleure amie. Peut-être même la seule. Mais Amélie l'avait écoutée d'une oreille distraite. Elle était en train de lire un roman d'amour.

Après une douzaine de parties de bingo virtuel sur Internet aux Vieux Saules, un soir, un homme de son âge avait pris sa main toute rousselée par le temps et, en la dévorant intensément des yeux, il lui avait déclaré avec passion :

Amélie, je t'aime...

Hymne à la vie[*]

Dominique Giroux

… pour tous les vrais Alexandre,
… pour leurs vraies familles,
… pour leurs vrais combats.

ALEXANDRE n'écoute plus. Il a voulu savoir et il a su. Le reste ne sert qu'à enrober la réalité. Sa réalité.

Tout l'agace. Julia, sa mère qui pleure dans un coin, et ces médecins qui n'en finissent plus de répéter qu'ils vont tenter l'impossible pour l'aider. Comme s'il y avait encore quelque chose à faire après ce qu'ils lui ont dit !

Depuis longtemps, il savait que ce moment viendrait. C'était inévitable. Il avait cherché à l'apprivoiser, à le dédramatiser, à le rendre acceptable. Maintenant confronté à la vérité, il a

---

[*] Le point de départ de cette nouvelle a été inspiré d'une histoire véridique ; tout le reste est romancé.

plutôt l'impression de tomber dans un gouffre. Un immense gouffre sans fond.

Alexandre se lève et sort du bureau du docteur en claquant la porte. Dehors, il se dirige comme un automate vers les dernières lueurs du soleil. Les médecins font signe à sa mère de le laisser aller.

Alexandre erre. Partout et nulle part. Il ne saurait dire où ses pas le conduisent. De toute façon, peu lui importe. L'évolution de sa maladie vient de lui voler ses derniers espoirs.

Dans la nuit noire, brisé par la fatigue et la douleur, il s'effondre sur le banc d'un parc. De temps à autre, une ombre furtive se profile sous les lueurs des réverbères, ou encore quelques fêtards attardés sortent en chantant d'un bar voisin, mais Alexandre est indifférent à tout ce qui se passe autour de lui. Il ne réagit même pas lorsqu'une femme vient s'asseoir à ses côtés en engageant la conversation.

— Salut ! Ça n'a pas l'air d'aller ? Je ne veux pas t'achaler ; ton histoire, tu n'es pas obligé de me la déballer. Elle t'appartient. Mais si jamais tu as besoin de quelque chose ou encore de parler à quelqu'un qui ne te jugera pas, tu peux me trouver dans le coin. Je m'appelle Anaïs, je suis travailleuse de rue. Je me tiens ici, au Carré Saint-Louis, et dans les rues proches toutes les nuits. N'hésite pas. Salut !

Anaïs se lève et laisse sur le banc une petite carte avec son nom inscrit dessus, ainsi que les coordonnées de son quartier général. Elle jette un dernier regard au garçon qui n'a pas bougé d'un centimètre, puis disparaît dans la noirceur, hantée par le regard fixe de l'adolescent.

Lorsqu'elle repasse au même endroit, cinquante minutes plus tard, Alexandre n'est plus là. Elle ne saurait dire s'il s'agit d'un bon ou d'un mauvais présage, mais l'image du jeune homme la poursuit toujours, longtemps après la fin de ses heures de travail.

Dring... Dring...

Un coup... Deux coups... Dix coups... Anaïs grommelle dans son sommeil, certaine d'être la proie d'un mauvais farceur. Soudain, elle réalise qu'il s'agit du téléphone. En vitesse, elle court répondre en se demandant qui peut se faire aussi insistant.

— Allô !

— Allô, Anaïs ? C'est Véro. Je m'excuse de te déranger chez toi, mais je pense que c'est important. Il y a un grand gars qui vient de passer au quartier général. Je ne l'avais jamais vu dans le coin. Je te jure qu'il n'en menait pas large. Il tremblait comme une feuille. Il m'a laissé une cassette à te remettre, puis il est reparti aussi vite qu'il est venu. Je ne t'aurais pas appelée pour te dire ça, mais je suis troublée par les quelques mots griffonnés sur la cassette. Je te les lis ; tu jugeras toi-même. C'est écrit : *J'ai besoin que mes paroles me survivent. Alexandre.*

Anaïs est prise de vertige. Le court message qu'elle vient d'entendre ressemble à l'adieu d'une personne suicidaire. Intuitivement, elle est persuadée qu'il s'agit du garçon à qui elle a parlé la nuit dernière. Elle se sent impuissante, mais en même temps elle se dit que la cassette lui révélera peut-être les indices nécessaires pour intervenir avant qu'il ne soit trop tard. Devant l'urgence de la situation, elle crie tout simplement dans le téléphone :

– J'arrive !

Alexandre a traîné dans les rues de Montréal toute la nuit, harcelé par ses pensées, cherchant une issue à son tragique destin. Mais, il a eu beau aborder la situation sous différents angles, sa réalité lui est toujours apparue aussi intolérable et insurmontable. Il s'est senti découragé comme jamais.

Il aurait aimé être capable de parler à la travailleuse de rue qui l'avait abordé, mais les mots étaient restés bloqués à l'intérieur. Il aurait voulu dire sa peine. Crier sa peur. Partager la montagne qu'il avait le sentiment de transporter sur ses épaules. Il n'y était pas parvenu.

Comme si la douleur l'avait paralysé, l'empêchant d'exprimer son insoutenable secret.

Et puis, au lever du jour, les couleurs du soleil lui ont donné un certain regain d'énergie. Il a alors pris une décision. Une grande décision.

Ainsi, malgré sa fatigue grandissante et un début de fièvre, il s'est présenté au cégep dès l'ouverture. Il a emprunté une enregistreuse et acheté une cassette. Ensuite, il s'est enfermé dans un des petits studios insonorisés du département de l'audiovisuel, a actionné l'appareil et s'est mis à parler. Pour la première fois depuis des mois, il a ouvert les vannes de son cœur. Sans retenue. Sans résistance. Sans aucune réserve. Totalement abandonné.

À la fin, il n'a pas voulu réécouter la cassette. Il la voulait brute. Sans retouches. Spontanée. Il est tout simplement allé la porter à l'adresse inscrite sur la petite carte remise la veille par Anaïs, la travailleuse de rue.

Maintenant Alexandre dort sur le banc d'un parc, quelque part à Montréal, avec le sentiment du devoir accompli.

Anaïs a encore les cheveux en bataille et le visage fripé par son réveil récent. Elle n'a pris que quinze minutes pour se rendre à son quartier général. Un temps record. Elle examine la cassette que lui tend Véro, l'introduit dans son baladeur, met ses écouteurs et s'assoit dans un coin à l'abri des regards indiscrets. Elle est inquiète de ce qu'elle va apprendre ; son cœur bat à tout rompre.

Après les « scrounch, scrounch » du début de l'enregistrement, une voix masculine s'élève, chaude et tremblante. Anaïs ferme les yeux et se concentre afin de s'imprégner de tout ce qu'elle entend.

Lettre à la VIE,

Je m'appelle Alexandre. J'ai dix-huit ans. Je pensais que c'était L'ÂGE DE VIVRE, DE S'ÉCLATER, DE RÊVER, D'AIMER… Mais ce ne sera pas pour moi. Je vais bientôt mourir. J'ai le sida. Une transfusion sanguine m'a contaminé il y a quelques années. J'allais chercher la VIE, on m'a transmis la mort. Maintenant, mon corps entier est habité par le virus. Il n'y a plus d'issue.

J'y ai beaucoup songé et ce n'est pas d'être mort qui m'effraie. J'imagine qu'on ne sent plus rien. C'est mourir qui me fait peur. Affreusement peur. Pas la même peur que pour un traitement, même le plus écœurant d'entre tous. Pour ça, je peux m'y préparer. Et surtout me dire qu'après, ça ira mieux. Pour la mort, c'est autre chose.

J'aimerais tellement ne pas y penser. Me dire que c'est encore loin. Comme je l'ai fait jusqu'à maintenant. Mais je ne peux plus y arriver. Hier, les médecins ont été catégoriques ; ils m'ont parlé de quatre à six mois de sursis. C'est la première fois qu'ils me mettaient une date d'expiration ! Ça m'a fait chier au cube ! Autant parce qu'ils savaient tout de moi, même quand j'étais pour rendre l'âme, que parce qu'ils ont tué mes derniers espoirs. Je ne peux même plus m'accrocher au rêve de guérir. D'aller mieux demain. Je ne peux même pas vivre « à full pine » le peu de temps qu'il me reste parce que, tout ce qu'ils ont à m'offrir, c'est un attirail de machines pour me prolonger. Je les vois déjà se péter les bretelles s'ils parviennent à me maintenir en vie un mois de plus sous leur respirateur ! J'ai décidé de refuser tout ça.

Pourtant, J'AIME LA VIE. Pas l'espèce d'état végétatif qu'ils me proposent en guise de dernière scène. Non… J'AIME LA VIE. LA VRAIE VIE. Même si la mienne n'a pas été souvent facile.

Ma mère a toujours dit qu'Alexandre était un nom de conquérant. Combien de fois m'a-t-elle appelé « son brave petit soldat » ? Ça m'amusait et ça me donnait confiance. Malgré ma maladie, je me sentais fort. Je finissais toujours par avoir raison de mes nombreux envahisseurs. J'avais à lutter, c'était difficile, mais je remportais la victoire. Alors, la VIE était belle.

Depuis hier, c'est différent. Ça faisait déjà un bout de temps que je voyais mon armée s'affaiblir dangereusement. Mais je préférais me faire des accroires. Après tout, le docteur Ferron avait toujours eu en réserve des munitions plus fortes me permettant de tenir le coup. Il trouverait bien encore ! Même si je voyais que les batailles étaient de plus en plus fréquentes. De plus en plus difficiles. Que les pertes étaient de plus en plus grandes… Je me répétais toujours que ça allait encore ! J'aimais mieux faire l'autruche et me dire que c'était seulement une mauvaise passe. C'était moins triste et ça me donnait de l'espoir. Car c'est terrible de penser à la mort quand on a la tête pleine de VIE.

Maintenant, rien ne va plus. Mon régiment est complètement décimé. Les résultats de mes dernières prises de sang le confirment : je n'ai à peu près plus de lymphocytes T4, ce qui revient à dire que je n'ai plus de support pour mon immunité. Les infections vont me tomber dessus comme un déluge. Et je ne pourrai plus les combattre. Je ne peux plus me le cacher... le compte à rebours est commencé. Je vais finir par y passer. ET JE NE VEUX PAS Y CROIRE !

En plus de crier, voilà que je chiale. C'est de même chaque fois que je pense à mes rêves. Il y a tellement de choses que j'aurais aimé faire. Des affaires simples. D'autres extravagantes. J'aurais tellement voulu, sac au dos, parcourir le monde. Découvrir d'autres cultures. Rencontrer des gens de partout. Partager leur vie. Voir le soleil se lever sur l'Everest ou sur l'Aconcagua. Ou même continuer tout simplement à voir le soleil se lever chaque jour. Ou encore écrire un livre, faire du deltaplane, apprendre l'espéranto, connaître les caribous, poursuivre mes études, construire une maison, n'importe quoi... Mais sentir la vie. Sentir demain. Sentir la suite. Et puis j'aurais aimé tomber en amour. Ou plutôt monter en amour... Me prolonger, étendre mes racines et surtout... avoir du temps...

Je suis là, le corps ravagé, le cœur en miettes puis des millions de rêves en tête. C'est dur de penser que tout ça va disparaître avec moi. Que lorsque je vais être mort, il ne restera plus rien de mes folies, de mes passions, de mes idéaux. « BULLSHIT » QUE ÇA M'ÉCŒURE ! Aussi bien dire que je ne vais pas mourir juste une fois, mais des millions de fois. Une nouvelle mort pour chacun de mes rêves perdus. C'est monstrueux !

Si au moins mes rêves pouvaient me survivre. S'ils pouvaient continuer d'exister, même après ma mort. Il y en a qui font des dons d'organes. Ça doit offrir une certaine consolation de savoir que son cœur va continuer à battre dans le corps d'un enfant ou qu'un accidenté pourra survivre grâce à nos poumons. Moi, je ne peux rien donner de ce côté-là ; je n'ai pas un seul organe de sain. Mais il m'est venu une autre idée par exemple. À défaut de mes organes, je pourrais faire don de mes rêves. Ça n'enlèvera pas l'absurde de ma situation, ni ma peur… Mais j'aurai peut-être moins le sentiment de m'éteindre définitivement.

Pourquoi pas ? J'ai plein de rêves. Il y a des gens qui n'en ont pas. Ou qui n'en ont plus. Ils ont du temps. Je n'en ai plus. J'offre donc mon témoignage à tous ceux qui en ont besoin. Si ma soif de vivre pouvait animer ne serait-ce qu'une seule personne, lui donner du ressort pour aller de l'avant, lui donner le goût de croquer dans la VIE et de s'accrocher à quelque chose, je vivrai alors, j'en suis certain, une mort de moins.

La cassette, maintenant muette, continue de tourner dans l'appareil sans qu'Anaïs ne cherche à l'arrêter. Ce qu'elle vient d'écouter l'a sidérée. Jamais encore elle n'a entendu une leçon de courage de cette nature. Elle n'arrive plus à bouger, totalement imbibée par le témoignage-choc d'Alexandre. Pas de nom de famille, pas d'adresse, pas de numéro de téléphone. Pourtant, elle a l'impression d'en savoir plus sur ce garçon que sur beaucoup de gens qu'elle côtoie quotidiennement. Elle reste longtemps perdue dans ses réflexions. Finalement, c'est une irrépressible envie d'uriner qui la tire de sa méditation.

Après être passée aux toilettes, Anaïs, les yeux bouffis, rejoint Véro. Du regard, celle-ci l'interroge.

– Absolument incroyable ! Je te le dis… C'est incroyable ! Je n'ai jamais entendu quelque chose d'aussi bouleversant. Ouf ! Même si je t'en parlais pendant des heures, ça ne rendrait pas justice à ce qu'il y a sur la cassette. Il faut que tu l'écoutes. Prends ton temps ; je vais te remplacer au bureau et on en discutera après. Toutefois je t'avertis : tu ne peux pas en sortir indemne.

Lorsqu'elle revient une demi-heure plus tard, il est visible que Véro est aussi chamboulée que sa copine. Elles se serrent l'une contre l'autre et laissent couler leurs larmes.

— Si tu as le cafard le matin et que tu écoutes ça, c'est assez tonique merci, finit par dire Véro en reniflant. J'ai rarement vu un jeune empoigner son sort de la sorte, puis relever en même temps le défi d'en aider d'autres. Qu'est-ce que tu comptes faire de l'enregistrement?

— Exactement ce qu'Alexandre me demande. Il dit clairement offrir son témoignage à tous ceux qui en ont besoin. Bien, moi, je trouve qu'on a tous un peu besoin de tels cris du cœur pour réfléchir sur les vraies valeurs de la vie. Pas besoin d'être en crise pour s'interroger. Je pense vraiment que ça pourrait devenir un outil intéressant. Prends dans les écoles par exemple : je suis sûre que quelque chose de « live » a bien plus d'impact que le verbiage d'un prof ou d'un spécialiste. Dans les cours de morale ou d'enseignement religieux, ça serait parfait pour amorcer des discussions. Puis il y a aussi les gens qu'on côtoie chaque jour, tous les appels au secours qui nous sont lancés. Mais j'ai pensé aussi...

— Ouais ! J'ai l'impression que tu ne lésineras pas sur la diffusion du document, l'interrompt Véro avec un sourire complice.

— Exact. Je ne sais pas pourquoi ce gars-là me fait confiance de la sorte, mais il peut être rassuré. Il a frappé à la bonne porte. Maintenant, c'est comme si j'avais une dette secrète envers lui. Ses paroles, tu peux être certaine qu'elles vont lui survivre. Je jure que je vais tout faire pour qu'Alexandre reste toujours un peu vivant.

Alexandre est réapparu à la maison après deux jours d'absence. Sa mère était folle d'angoisse, mais elle savait qu'il reviendrait. Elle avait eu le temps de comprendre, malgré la douleur qui l'habitait, qu'il avait besoin d'intimité pour échafauder les plans de son ultime combat. Et, quoi qu'il eût décidé, elle savait déjà qu'elle l'épaulerait. Inconditionnellement.

Depuis son retour, Alexandre tourne en rond. Il a l'esprit torturé par toutes sortes d'angoisses. Il voudrait parler à sa mère, lui faire part des choix qu'il a faits, mais les mots ne viennent pas. Il y a bien sûr l'histoire de son témoignage livré sur cassette, mais ce n'est pas ce qui le tourmente. Il y a l'autre décision. Sa grande décision.

S'il était certain de la complicité et du soutien habituels de sa mère, il s'ouvrirait immédiatement. Quel soulagement ! Sauf qu'il craint que, par amour, Julia cherche à le raisonner ou à le faire changer d'avis. Et ça, il ne pourrait le supporter.

D'un autre côté, Alexandre sait qu'il n'a plus de temps à perdre. Ce matin, il a eu un nouvel accès de fièvre et les parois de sa bouche sont couvertes d'aphtes. Il ne pourra attendre encore longtemps. Alors, d'un seul souffle, il lance, pêle-mêle, les phrases qu'il a mille fois répétées dans sa tête :

— Je sais que tu m'aimes, m'man, alors il faut que tu m'aides. T'es infirmière… J'vais avoir besoin de toi. J'veux pu être hospitalisé. J'veux pu! J'veux pu! Comprends-tu ça? Les doc l'ont dit… je vais mourir. MOURIR! Comprends-tu ce que ça veut dire? Il n'y a plus d'espoir. Ils me donnent quatre mois, peut-être six. C'est tout ce qu'il me reste. Je ne veux pas les passer à l'hôpital plogué sur des machines qui ne me guériront même pas. Ils n'ont plus rien à m'offrir. Plus rien.

Alexandre n'est plus capable de se retenir. Il se jette sur le plancher, se recroqueville en position fœtale et pleure à chaudes larmes. Instinctivement, presque animalement, Julia se glisse à ses côtés, l'enlace et le berce comme un bébé. Soudés ainsi l'un à l'autre, ils ont, l'espace de quelques minutes, l'impression d'arrêter le temps et de prendre un peu de répit face à la trop cruelle vérité.

Épuisé, Alexandre s'endort. Julia contemple avec amour ce grand adolescent qui sommeille à ses côtés. Elle se surprend à rêver. Elle aimerait lui redonner la vie, effacer ses yeux cernés, remodeler son corps décharné, stopper le cruel destin. « Je serais prête à tout, tout, tout… pour que tu aies un avenir.

Un AVENIR. » Sans le vouloir, elle a crié ce dernier mot. Alexandre sursaute et s'éveille. Sa température a encore monté. Il veut se relever, mais se sent trop mal en point.

— M'man... Ça ne va pas du tout. On va aller à l'hôpital, on va aller chercher ce qu'il faut pour me soulager, mais je ne veux pas rester. Jure-le-moi. Jure-moi que tu vas me ramener. Je me suis battu tant qu'il y a eu de l'espoir, pis tu le sais. Mais là où est rendue ma maladie, il n'y a plus rien à faire. RIEN. Je ne veux pas mourir en dessous d'un respirateur ou d'une affreuse machine. JE NE VEUX PAS. C'est au chalet que je veux mourir. Face au lac. Dans ma forêt que j'aime. Avec toi... TU NE PEUX PAS ME REFUSER ÇA.

Julia a l'impression que le sol se dérobe, qu'elle s'enfonce ou qu'elle s'envole, elle ne saurait dire. Elle est dépossédée de son corps et de ses pensées, paralysée de partout. Seules les dernières paroles d'Alexandre retentissent inlassablement dans son cerveau. Peu à peu, ses sens se réveillent, et les mots de son fils commencent à prendre leur véritable signification. Lorsque son cœur les entend, elle sait qu'elle sera, envers et contre tout, l'alliée indéfectible de son enfant.

🍁

— Écoutez, Madame Larreau. Ce que vous vivez est très difficile. Pour l'instant, vous en avez trop sur les épaules, vous n'êtes pas en mesure de prendre les bonnes décisions. Reposez-vous un peu et je suis certain que, dès demain, vous allez vous ranger à notre avis. Alexandre n'est pas en mesure de sortir de l'hôpital. Et vous le savez. Vous êtes assez intelligente pour ça.

Julia écoute religieusement le médecin. Elle ne doute pas de sa bonne volonté. Elle comprend sa résistance. Elle-même aurait réagi de la sorte il n'y a pas si longtemps. Mais elle a conclu un pacte avec son fils. Un pacte du cœur. Alors, elle ne reviendra pas en arrière. D'une voix pleine d'assurance, qui l'étonne d'ailleurs elle-même, elle déclare :

— Je vous remercie pour votre sollicitude et pour tout ce que vous avez fait pour Alexandre jusqu'à maintenant. Je vous en suis très reconnaissante. Mais on est rendu à un autre stade. Un stade que vous avez vous-même qualifié de final. Ce que vous proposez avec vos machines, c'est de l'acharnement thérapeutique. Pourtant, la seule chose essentielle qu'on peut encore offrir à mon fils, c'est de mourir dans la dignité. Comme lui le veut.

Le docteur Ferron reste interdit. Il veut parler, mais ravale ses paroles. Visiblement, il est mal à l'aise. Il courbe l'échine et émet un énorme soupir tandis que son regard se perd quelque part sur le plancher. Ses yeux se voilent. Le silence s'installe. Un silence chargé de réflexions de part et d'autre. Au bout d'un moment qui semble une éternité, il redresse lentement la tête, puis fixe Julia.

— Le pire, parvient-il à dire entre deux sanglots étouffés, c'est que je donne raison à Alexandre. Oui… Je lui donne raison. C'est lui le plus fort. Je me sens tellement minable devant lui. Tellement impuissant. IMPUISSANT. Ça me révolte.

Le docteur Ferron donne un coup de poing sur une pile de dossiers puis cache son visage entre ses mains. Ses épaules tressautent au rythme de ses pleurs. Pendant quelques secondes, Julia peut voir en toute transparence l'homme de cœur derrière le professionnel.

— Promettez-moi de garder entre nous ce que je viens de vous dire, poursuit-il en essuyant sa figure du revers de sa manche. Sinon, ma tête de doc ne vaudra pas cher demain !

Sur un bloc de prescriptions, le docteur Ferron inscrit en détail la posologie des médicaments à donner et les traitements à effectuer, puis remet le tout à Julia en lui serrant chaleureusement la main.

— Vous pouvez m'appeler n'importe quand, dit-il en insistant sur chacun des mots. Il ne faut surtout pas vous gêner. Il se peut d'ailleurs que ce soit moi qui prenne les devants.

Julia sourit. L'énorme poids qui l'oppressait se dissout instantanément. Il est clair qu'elle et Alexandre pourront désormais compter sur la précieuse collaboration du docteur Ferron.

Les premiers jours de son déménagement au chalet, Alexandre a cru rêver. Pour peu, il aurait même oublié sa maladie. Diminuée la fièvre, envolés les aphtes, volatilisés tous les maux qui gênaient habituellement son corps. Moyennant une bonne sieste l'après-midi et la prise régulière de ses médicaments, Alexandre menait, somme toute, une vie passablement normale. Il jubilait et sa confiance revenait. Les médecins avaient sûrement fait erreur.

Il en a profité pour arpenter la forêt proche, glisser en canot sur le lac, installer quelques mangeoires pour les oiseaux et s'adonner à sa grande passion : la photographie. Il a même réussi, à force de patience et d'observation, à saisir sur image l'envol d'un bec-scie couronné. Précieux trophée pour l'ornithologue qu'il était. Il y a vu un signe favorable. Julia s'est tue, préférant pour sa part oublier qu'il s'agissait d'une espèce en voie d'extinction.

Les amis et la parenté ont défilé au chalet, prolongeant parfois leur visite jusqu'à tard le soir. Ainsi entouré, Alexandre rayonnait. Assis au coin d'un feu de camp ou sur le bout du quai, il faisait le drôle, racontait des histoires et badinait avec sa maladie. Ses tracas des dernières semaines semblaient alors à des années-lumière derrière lui.

Et puis un matin, après quatorze jours de fol espoir, les « Nike » sont restés sur le seuil de la véranda, le canot sur la grève, l'appareil photo dans un tiroir. Julia a reconnu, aux lésions cutanées que présentait son fils, les premières manifestations du sarcome de Kaposi et, à ses troubles respiratoires, le début d'une pneumocystose. Les complications du sida venaient de rattraper Alexandre au détour, plus impitoyables que jamais.

Quelques lueurs commencent à filtrer à travers l'épais feuillage des arbres. Alexandre dort enfin après une interminable nuit de vomissements. Julia veut profiter de l'accalmie pour se reposer car, depuis la semaine dernière, elle veille son fils nuit et jour. Mais avant, elle vérifie la sonde servant à l'élimination des urines de son garçon et ajoute une nouvelle dose de médicaments dans le goutte-à-goutte fixé en permanence à son bras décharné. Elle caresse son visage épuisé, y dépose un baiser et va s'asseoir dans son fauteuil en rotin. Gagnée par la fatigue, elle s'assoupit rapidement, en dodelinant de la tête.

Faisant fi des commentaires désapprobateurs de ses collègues, qui ont pris pour un affront la décision d'Alexandre et de sa mère, le docteur Ferron s'est informé presque quotidiennement du jeune homme. Avec les précisions apportées par Julia, il a ainsi pu suivre l'évolution des symptômes et ajuster médication et traitements en conséquence. Mais aujourd'hui, il veut constater par lui-même l'état de santé d'Alexandre qui, aux dernières nouvelles, déclinait rapidement. Il prend donc la route en direction du chalet des Larreau. *Je veux qu'ils sachent que, si tel est leur désir, il y aura toujours une place pour eux à l'hôpital. Je me chargerai personnellement de les accueillir.*

Trois coups frappés à la porte réveillent Julia qui est toujours assise dans son fauteuil. Le soleil inonde maintenant la salle familiale où elle et Alexandre se sont endormis à l'aube. Un bref coup d'œil à sa montre lui indique qu'il est neuf heures. Les coups se font de nouveau entendre. Julia s'empresse d'aller répondre. Sur le seuil se tient le docteur Ferron.

— Bonjour! J'aime beaucoup nos échanges téléphoniques mais, ce matin, j'avais le goût de vous faire une petite visite. Vous permettez?

— Certainement! Entrez. Ça me fait vraiment plaisir de vous revoir.

Julia entraîne le médecin un peu à l'écart pour parler.

— Soyez discret, dit-elle en chuchotant. Alexandre dort dans la salle familiale. Depuis qu'il n'est plus capable de se lever, j'ai installé son lit en face de la grande baie vitrée qui surplombe le lac. La lune, les étoiles, le so-

leil... C'est tellement important pour lui !
Croyez-le ou non, il trouve encore la force
de s'émerveiller devant un écureuil, un oiseau, un papillon...

D'un regard circulaire, le docteur Ferron
embrasse la scène. Dans un lit qui semble
trois fois trop grand pour lui, un adolescent
gravement malade, les cheveux ébouriffés,
dort, perfusion au bras, au milieu d'un amas
chaotique : plantes, photos, système de son,
des millions de cartes... Le médecin ne peut
le nier. Ici, malgré la mort qui rôde, tout
semble respirer la VIE. Il en éprouve un profond respect.

Dans la cuisine, Julia s'affaire à préparer du
jus et des trucs à grignoter. Le docteur Ferron
la rejoint. Dans l'embrasure de la porte, il
prend quelques secondes pour regarder cette
femme qui n'a pas hésité, devant l'incompréhension de son employeur, à remettre sa dé-
mission pour se consacrer entièrement à son
fils. Il se souvient l'avoir entendu dire, alors
qu'il avait abordé le sujet : « Il sera toujours
temps de revenir à des considérations aussi
terre à terre ; pour l'instant, Alexandre est ma
priorité. Pour le reste, on verra plus tard. »

— Vous, Madame Larreau, ça va ? demande-
t-il en se tirant une chaise.

— Je vous mentirais si je vous disais que
c'est facile. La maladie et la mort, ce n'est pas
inscrit dans le cours normal des choses à
l'adolescence. Vous ne pouvez pas imaginer

comme c'est atroce de voir l'enfant que vous avez mis au monde maigrir, s'affaiblir, dépérir et, surtout, souffrir. Il y a des jours où ma rage est tellement grande que je ne sais pas ce dont je serais capable. Heureusement, à sa façon, Alexandre m'apaise beaucoup. Il a une telle force de caractère. Si vous saviez tous les petits moments de grâce que je peux vivre avec lui. J'appelle ça le bonheur en LETTRES CAPITALES.

Les yeux de Julia s'embuent. Nerveusement, elle joue avec une mèche de ses cheveux. Le docteur Ferron prend ses mains dans les siennes et y imprime une pression chaleureuse, ce qui a pour effet d'encourager Julia à continuer.

— Compte tenu des circonstances, je dois vous avouer que je suis contente d'être ici. Je suis fière d'avoir respecté la décision d'Alexandre. C'est probablement le cadeau le plus précieux que je pouvais lui offrir. Imaginez ! Il me dit merci, même lorsque je lui fais une piqûre !

L'émotion est grande. Le médecin regarde intensément la femme qu'il a devant lui et se sent envahi par une profonde considération. *Ça doit être ça, les vrais héros. Ceux qui ne cherchent pas à l'être, mais qui vivent leur intégrité jusqu'au bout. Sans public. Sans caméra. Tout simplement,* songe-t-il. Jamais encore il n'a senti aussi puissamment la force et la fragilité de la VIE. *Voilà vraiment deux êtres hors du commun*. Au même instant, une quinte de toux se fait entendre dans la pièce voisine. Instantanément, mus comme par des ressorts, Julia et le docteur Ferron se précipitent au chevet d'Alexandre.

Encore imprégné de sa visite chez les Larreau, le docteur Ferron conduit lentement. L'état de santé d'Alexandre est mauvais. Très mauvais. Il est clair qu'il n'en a plus pour très longtemps. Peut-être à l'hôpital, avec un respirateur, parviendrait-il à le prolonger d'une semaine. Voire deux. *Mais à quoi bon en faire un mort vivant qui ne pourrait aucunement jouir du sursis accordé ? Là-bas, il a encore la lune, le soleil, les étoiles…*

Non. Si, au départ, l'intention du docteur Ferron était de ramener le jeune homme au Centre hospitalier, il a vite compris, en voyant sa volonté, son courage plus grand que nature et son incroyable symbiose avec sa mère, qu'Alexandre devait s'éteindre comme il le voulait : dans son lit, devant l'immense baie vitrée surplombant le lac. C'était l'ultime hommage à lui rendre.

Cette nuit, sous la pleine lune, Alexandre est mort dans les bras de Julia. On pourrait croire qu'il est parti sur la pointe des pieds et que son histoire s'achève ici. Pourtant, quelque part à Montréal, dans une rue proche du Carré Saint-Louis, les paroles d'Alexandre résonnent.

En effet, elles viennent de trouver preneur dans le cœur d'un adolescent en mal de vivre.

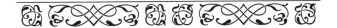

Deux je t'aime

Michel Lavoie

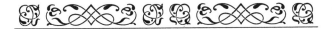

*J'aurais voulu être un auteur
pour pouvoir inventer ma vie.
J'aurais voulu être un acteur
pour tous les jours changer de peau.*
Luc PLAMONDON

« JE t'aime... »

Catherine sursauta dans son lit. L'image folle revint aussitôt à sa mémoire, la fit trembler d'horreur. Elle tira la couverture sur elle, ferma les yeux et tenta de penser à autre chose.

Peine perdue. Toujours la même vision, le même regard, le même visage niais, sale, souillé de cicatrices gluantes.

« Je t'aime », lui murmurait-il chaque fois, et il s'éloignait d'un pas chancelant, faisant jaillir en elle le doute, la peur.

L'Amour.

Sonorité divine à ses oreilles, suavité à son cœur, sublimité qui envahit tout son être.

Catherine aimait. À seize ans, pour la première fois ; sans le moindre doute, pour l'ultime fois. Des étincelles de bonheur papillonnaient dans sa tête, lui arrachaient des cris d'ennui quand il n'était pas là, l'ensorcelaient de rêveries où le moindre geste, la plus petite parole se métamorphosaient en un poème de l'absolu.

Comme elle aimait ce gars ! Beau, jovial, intelligent, sportif, cultivé, tout ce dont elle avait rêvé, et plus, beaucoup plus encore. Pourtant, elle le connaissait si peu. Leur rencontre avait été le fruit d'un hasard au coin d'une rue, un hasard qui lui annonçait que le moment était enfin venu.

Il s'appelait Christian. Il avait 18 ans et étudiait aux Beaux-Arts.

Christian Jolin. Un nom tout en musique. Un éternel sourire ornait les commissures de ses lèvres pendant qu'il susurrait des mots presque inaudibles, mais tellement poignants qu'ils faisaient chavirer son cœur, la propulsaient entre le rêve et la vie.

D'un accord tacite, les amoureux se montraient fort discrets sur leur passé, ce qui ajoutait des pincées de mystère à leur relation. Ils se contentaient de propos emmiellés, parsemaient leurs discussions de rares révélations qu'ils semblaient aussitôt regretter.

De jour en jour, ils en vinrent à se confier de moins en moins, dissimulant les événements anodins, comme si leurs secrets devenus lieux interdits attisaient leurs fantasmes les plus débridés. Il leur arrivait de ne pas se voir ni se parler pendant une semaine ou deux, puis de se retrouver pour s'enlacer éperdument, plongés dans un profond ravissement, les émotions en alerte.

À chaque rencontre, le même scénario se répétait.

Inlassablement.

Les mêmes paroles retentissaient, leur sens amplifié.

– Comme tu m'as manqué ! lui avouait-il alors, les yeux baissés, tout en échappant un reproche doux amer. Tu aurais pu me téléphoner.

– J'étais tellement occupée, tu sais, je n'ai pas eu une seconde à moi. Dis, tu m'excuses ? À partir de maintenant, je vais te téléphoner toutes les heure si tu veux.

Catherine souriait de ses propos, velléité trompeuse qui éveillait en elle une passion infernale.

Elle se collait à lui, glissait sa main sous sa chemise et laissait courir sa langue sur les lèvres entrouvertes du jeune homme.

Christian frissonnait, posait ses mains sur les fesses de l'adolescente et pressait son corps contre le sien, contre son sexe durci de plaisir. Il la posséderait comme jamais il n'avait fait l'amour à une fille.

Ensuite, il la tuerait.

Froidement, d'un coup sec… comme il avait fait pour Lyne, Isabelle, Chantale, Véronique…

« Je t'aime. »

Catherine mit une main sur sa bouche, refoula un cri qui s'arrimait au plus profond de son âme, qui s'incrustait pour l'éternité, enfoui sous une montagne de douleur.

Il était là, de nouveau. Toujours plus laid, plus répugnant, hideux comme les monstres qui avaient hanté son enfance, qui accouraient la nuit pour lui arracher des larmes. Pour la pénétrer par tous les pores de la peau à la recherche de minuscules étincelles de bonheur.

Trésor défendu pour lequel elle devrait payer le gros prix.

Son père attendait sur le seuil de sa chambre. Il écoutait le rythme de sa respiration, mêlait ses soupirs aux siens, ses peines à ses joies, ses regrets à ses espoirs. Il patientait, et s'impatientait, le temps d'atténuer les remords, de penser que peut-être il n'avait jamais posé ces gestes, à la frontière de l'abîme.

L'usure du temps jouait en sa faveur. Il comptait sur l'abandon panique de sa fille, qui n'en pourrait plus d'avoir peur. Elle se suicide-

rait, se disait-il, réprimant aussitôt ces absurdités. Mais, dans son for intérieur, il savait bien que c'était là la seule porte de sortie. Un jour ou l'autre, il devrait prendre une décision. Se faire justicier avant que la police ne s'occupe de son cas ou avant qu'il ne puisse plus endurer les tourments qui l'assaillaient de toutes parts.

« Je t'aime, Catherine. » lui murmurait-il, et il se sauvait en ricanant, étouffant la honte d'avoir acquiescé à l'appel du mal.

Le mal d'amour.

Et son enfant gisait là, au sol, la brûlure à son bas-ventre remontant jusqu'à son cerveau...

L'été s'inondait de splendeurs. Une douce chaleur chatouillait l'épiderme de Catherine. L'odeur de vanille des héliotropes la berçait de poèmes parfumés. Elle se sentait si bien, libérée de ces amarres qu'elle avait pourtant crues éternelles.

La jeune fille fixait l'horizon, son regard perdu dans le vide. Elle réfléchissait aux jours à venir, à ce que la vie lui offrirait de beau, de grand, d'authentique. Elle ressentait un besoin viscéral de fuite, d'évasion vers un monde nouveau, exempt de vicissitudes, interdit à ces deux hommes qui l'idolâtraient, à ces deux « Je t'aime ».

Peut-être un voyage ? Pourquoi pas ? Elle y avait tellement rêvé quand son père s'introduisait dans sa chambre au beau milieu de la nuit, cette chambre qui lui appartenait, lui rappelait-il souvent. Il la prenait de faiblesse, cette fille dont il se proclamait le maître pourvoyeur. Elle jouait le jeu, se roulait dans ses bras, gémissait de plaisir. C'était pour éviter le pire, contrer les coups qui blessaient le corps et les mots qui assassinaient l'âme. À chaque caresse qu'elle absorbait, à chaque baiser passionné qu'elle accueillait, Catherine fermait les yeux pour refouler la nausée, pour ne pas vomir sa rancœur. Chaque fois que le membre raidi la pénétrait, elle perdait un peu d'elle-même, de cette essence qui habite les êtres et dont la Mort s'abreuve, goutte à goutte, jusqu'à la chute finale.

Avec son père, à cause de son père, Catherine mourait à petit feu.

Avec Christian, à cause de Christian, Catherine périrait de passion.

L'Amour allait l'anéantir...

Catherine vérifia l'heure, s'approcha de la fenêtre, écarta légèrement le rideau et vit que la rue était déserte. Elle tira le store et s'approcha de son lit sur lequel elle avait soigneusement étendu sa robe blanche, immaculée, sa robe de fillette. Elle prit un feutre rouge et avec mille précautions traça les mots : « Je t'aime », attendit que l'encre sèche, tourna la robe puis écrivit de nouveau, cette fois au bas du dos : « Je t'aime. » Puis, elle se rendit à la salle de bains, se doucha longuement, s'attardant aux caresses intimes qui l'enivraient de relents d'amour.

Soudain, un déclic dans son esprit, des spasmes aux seins, aux cuisses, au ventre, à tous ses membres. Et, plus fortes, plus insistantes, ces rafales qui fouettent son corps ! Déchirures, coups qui pleuvent, cris de haine, appels à l'aide, à la mort tant désirée. Abandon de soi, loin, trop loin, près, trop près, si près de lui, d'eux, de Christian, de son père, de ces êtres ignobles.

Le temps d'agir, de réagir, de venger l'irréparable.

D'étouffer l'espace, le temps.

La robe blanche glisse sur son corps nu, la moule en une déesse exquise, vendue à la vie, à l'amour.

Aux « Je t'aime ».

On sonne à la porte.

Catherine sourit. Elle aime les gens ponctuels. C'est tellement important d'arriver à l'heure, à la minute précise, à la seconde même où le destin ordonne qu'on soit là, totalement abandonné à ses souhaits. Autrement, il ne serait plus possible d'aimer, de haïr, de ridiculiser l'existence.

Christian est là, encore plus beau, plus charmant. Le même scénario défile, inlassablement.

– Comme tu m'as manqué ! Tu aurais pu
me téléphoner.

– J'étais tellement occupée, tu sais, je n'ai
pas eu une seconde à moi. Dis, tu m'excuses ?
À partir de…

Catherine se tait. Le cours des choses se
brise. Imprévu prévisible ? Chaos programmé ?

Christian demeure bouche bée, inspire
bruyamment. Ses yeux se révulsent. Que se
passe-t-il ? Pourtant, tout lui paraissait si
simple, entre lui et elle, entre deux êtres épris
l'un de l'autre, coincés dans la routine incon-
tournable, protégés contre les folies de ces
jeunes qui se targuent de vagabonder en frivo-
lités passagères.

Structure indestructible, amour bétonné.

Que demander de plus ?

Catherine rayonne, fait monter en lui un
désir à ce point pressant qu'il craint de perdre
le contrôle de ses émotions, d'oublier son
rôle, ses répliques si importantes qui, autre-
fois, régissaient ses sentiments, au degré près.

Maudit scénario ! Comme il le déteste
maintenant ! Qui au juste l'a choisi, en a déli-
mité les contours ? Il ne sait plus. Comme il aimerait escamoter cette rigidité qui le terrorise !
Toutes ces filles, ces idiotes qui ne l'ont jamais
compris. Avait-il le choix ? Il devait les éliminer,
une à une. Pour lui, pour elles, pour éviter les
souffrances inutiles, les mesquineries abjectes.

Semer la mort, geste d'amour sans égal, magnifique don de soi. Christian l'a appris, il l'a lu dans ce gros bouquin écrit par ces savants du comportement humain. Il doit répondre à l'appel du devoir. Son équilibre l'exige. « Le sens des responsabilités : aider autrui, le protéger contre le Grand Mal, le sauver » : page 68, paragraphe 14. Christian s'est gavé de ces mots, des phrases exaltantes qui l'ont propulsé dans un univers si vierge, si noble, dont il rêvait depuis... depuis que Catherine s'était offerte à lui, ce soir de déprime. Pour se moquer de lui, de ses cicatrices.

Maudit accident ! Un accident bête comme tous les accidents. À cause de cette femme, qui a détruit sa douce quiétude. Son visage à jamais marqué de laideurs.

Il s'est fait la main avec Lyne, Isabelle, Chantale, Véronique...

En attente de son chef-d'œuvre, de l'ultime sacrifice qui allait le purifier, le rendre Dieu d'Amour.

On sonne à la porte.

Catherine resplendit de bonheur.

Le nouveau scénario se dessine sans faille. Rituel parfait, inéluctable.

Elle ouvre, son père entre, roses à la main, effluves de son époque. Sa fille prend le bouquet, le dépose sur la table du salon, invite son père à s'asseoir pendant qu'elle se rend à la cuisine chercher un vase. Geste banal, mais essentiel à la suite des événements. Programmation synchronisée, comme la vie, comme les caresses qu'elle partage avec lui, avec Christian.

L'homme regarde autour. Il fait sombre. Il aime cet appartement. Il s'y sent bien, chez lui. Il apprécie le décor, à l'exception de ces tableaux sur les murs, des peintures trop vives, trop juvéniles.

Il attend. Elle tarde à revenir.

Un mouvement dans la pièce d'à côté, la chambre de Catherine. Étrange, il jurerait qu'elle est allée à la cuisine. Mais... du bruit, un tiroir de commode qui se ferme, une lampe qui s'allume. Il ne fabule pas. Aussi se lève-t-il pour aller voir. Peut-être Catherine s'est-elle déplacée sans qu'il ne l'ait remarqué ? Serait-elle en train de se dévêtir ? Cette pensée l'agace, l'excite. Il se dépêche, pousse la porte.

Un homme ! Un adolescent, si svelte, si jeune. Un visage dur, dominateur.

Une bouffée de jalousie l'assaille ; poings vengeurs en alerte, il s'avance puis s'immobilise, estomaqué. Le gars est aussi grand que lui, cheveux blonds comme les siens, un visage qui lui rappelle... qui lui rappelle sa propre jeunesse.

Un miroir. Voilà, il est debout devant un miroir qui bouge, qui régénère son corps, l'aspire dans un passé si proche, du temps qu'il aimait, qu'il s'aimait encore.

Il pense devenir fou. Le miroir parle, s'agite, pose des questions ridicules et articule des mots insensés. Mais qui est-ce ? Pourquoi est-il ici, dans la chambre de sa fille, de sa Catherine rien qu'à lui ?

De son amour.

Trompé ! Catherine avec un autre que lui ! Non, c'est impossible. Il va se réveiller et tout sera comme avant.

Oasis de paix, de tendresse. Nid de cajoleries enivrantes, perpétuelles.

Il sursaute. Des bruits de pas derrière lui. Catherine est tout près, le fixe, les fixe avec hargne. Sur ses bras, des veines qui pissent le sang. Sur sa robe blanche, des raies rougeâtres ; dans sa main, un revolver.

Des coups, des tirs précis.

Les mots tombent drus, comme les corps sur le tapis de la chambre, un si beau tapis tout blanc, subitement taché de haine.

Deux cris éclatent, deux hurlements d'espoir :

Deux « *Je t'aime.* »

Le masque de la démesure

Marie-Andrée Clermont

JE vis cette année dans une famille, disons… déconcertante. Et si j'ai cessé de
me demander à tout moment ce qu'ils peuvent bien avoir, ces parents, ces jumeaux de
onze ans et cette fille de mon âge pour qu'en
leur présence je me sente toujours investie
d'une telle fébrilité, je n'en subis pas moins les
conséquences : mon pouls s'emballe, j'ai des
palpitations, je sursaute au moindre bruit. La
famille Gosselin vit dans l'angoisse et le phénomène s'avère contagieux. La différence
entre eux et moi, c'est qu'eux savent de quoi
ils ont peur.

Moi, Diana-Lara Salgado, Hondurienne
de seize ans, je vis ici parce que je rêvais du
Canada depuis ma plus tendre enfance, et que

mes parents sont super chouettes. L'an dernier, lors d'une navigation sur Internet, j'ai capté une invitation à venir vivre dans une famille québécoise. J'y ai répondu aussitôt et nous sommes entrés en contact avec les Gosselin. Mes parents les ont rencontrés dans un hôtel de la Floride en février pour négocier les conditions de mon séjour. Je suis arrivée en septembre.

Or, les parents Gosselin ont beau être gentils, on ne peut en dire autant de leur fille... Jugez par vous-mêmes.

— Ma chambre, c'est ma forteresse, me dit-elle le premier soir en me désignant mon lit. Le seul endroit de la maison où les parents ne viennent pas fouiner. Ils m'obligent à la partager, mais je t'avertis, Diana-Lara, ici, c'est moi qui mène !

Ce charmant discours de bienvenue tua dans l'œuf toute la sympathie que je m'apprêtais à lui témoigner.

Mais comme j'avais décidé de passer l'année, coûte que coûte, je n'allais pas décrocher au premier écueil et je fis contre mauvaise fortune bon cœur. Malgré tout, le mal du pays m'envahit souvent au début. Loin de la chaleur du Honduras, loin de la tendresse de mes parents, loin de mes amis, je me sentais désemparée. Je sortais de la maison le plus souvent possible pour me soustraire à la malveillance de Marie-Jo, sauf que nous fréquentions la même polyvalente et que je la croisais trop souvent à mon goût.

Cependant, je nouais des liens d'amitié avec des camarades de classe et mon français s'améliorait à bon rythme. Dès le début de décembre, je pus m'exprimer sans chercher mes mots, et aujourd'hui, je pense et je rêve en français — c'est vous dire !

Durant le temps des fêtes, la maison devint un feu roulant de festivités, si bien que je me demandai si je n'avais pas rêvé mes premières impressions : la peur, l'inquiétude, la détresse et tout ça. Peut-être mon incompréhension de la langue à l'époque de mon arrivée m'avait-elle induite en erreur.

Mais là, plus de doute possible : depuis la rentrée de janvier, la fébrilité a pris des allures de panique. Et j'ai vraiment attrapé leur virus. Je suis maintenant comme eux : complètement paranoïaque. J'ai la sensation très désagréable de vivre sous le poids d'une menace indéfinissable. Je respire mal, j'étouffe. Vivement de l'air ! C'est seulement l'orgueil qui me retient ici. J'avais décidé que je vivrais cette année jusqu'au bout et il faut tenir le coup encore six mois.

Enfin un changement dans la routine ! Marie-Jo et moi nous nous esquivons dix jours dans les Laurentides. Nous avons loué un condo sur les pentes, une cousine des Gosselin nous prête sa Camaro, et vive la relâche de février ! Qui sait, loin de l'atmosphère oppressante de la maison, Marie-Jo perdra peut-être son masque revêche ?

La voiture chargée jusqu'au toit, nous nous mettons en route. À nous les montagnes ! Marie-Jo a son permis depuis quelques mois seulement mais elle se débrouille fort bien. Je lui en fais compliment.

— J'avais si hâte de conduire, me répond-elle, que lorsque j'ai pris le volant pour la première fois, j'ai eu l'impression de l'avoir fait toute ma vie.

Le silence retombe, moins pénible que d'habitude. Cette ébauche de conversation augure bien et, tandis que notre bolide s'engage sur l'autoroute, je prends une résolution : quelle que soit l'attitude de Marie-Jo, je vais profiter pleinement de chaque seconde de ces dix journées. Un fantasme se développe dans mon imagination : l'amour ! J'ai seize ans et, sans me prétendre une beauté, je sais que mes yeux de feu et mes cheveux de jais me donnent un certain charme. Un mètre cinquante, ce n'est pas grand, mais dans les petits pots les meilleurs onguents, pas vrai ? Et quoi de plus stimulant que l'amour pour chasser déprime et paranoïa ? Il doit bien y avoir des mâles intéressants à Saint-Sauveur-des-Monts !

Il y a de la neige en tout cas ! Wow ! Le paysage baigne dans une mer de ouate lorsque nous nous garons devant le condo. Sous l'œil bienveillant d'une lune nimbée de bleu, je m'élance dans la magie nocturne avec l'impression irréelle de voguer sur une mousse vaporeuse qui s'étend à l'infini...

J'entre les bagages en chantonnant et, en deux temps trois mouvements, nous voilà installées et prêtes à nous coucher pour pouvoir goûter, dès potron-minet, aux plaisirs de l'hiver.

Ce condo devrait figurer au *Livre des Records Guinness* : jamais je n'en ai vu d'aussi minuscule. Rien n'y manque, cependant, mais tout y est disposé avec une parcimonie hallucinante. Pour preuve, le cagibi qui nous sert de chambre où l'on a réussi par je ne sais quel tour de force à coincer une mini-commode et des lits superposés. Quand j'y entre, après une douche rapide, Marie-Jo dort déjà dans la couchette du bas, ou du moins je le crois. En me hissant dans celle du haut, je suis alertée par des reniflements saccadés. Recroquevillée dans ses couvertures, Marie-Jo pleure à chaudes larmes. Perplexe, je m'immobilise : dois-je ressortir discrètement ou me coucher comme si de rien n'était ? J'hésite encore lorsqu'elle siffle entre ses dents :

— Fous-moi la paix, Diana-Lara, et mêle-toi de tes affaires !

M'accroupissant près de son lit, je lui demande ce qui ne va pas. Elle tourne la tête contre le mur et ses larmes redoublent. Après plusieurs minutes, je romps le silence :

— C'est ta sœur, hein ? Celle qui...

Marie-Jo pivote sur elle-même, le visage mauvais.

— Qui t'a parlé de ça ? veut-elle savoir.

— Les jumeaux... Karl s'est échappé, Luc a essayé de le couvrir, mais ils m'ont tout raconté, en me faisant promettre de garder ça pour moi.

— Pourquoi tu m'en parles alors ?

— Parce que j'ai de la peine de te voir si malheureuse.

Elle hésite un moment puis, dans un long sanglot, elle avoue :

— Je n'en peux plus, Diana-Lara.

Dans le silence de la nuit, Marie-Jo me confie son lourd secret :

— Linda et moi, on était les deux doigts de la main. Lorsqu'elle a rencontré son chum, je l'ai su la première ; c'était un type qui maniait la dynamite sur les chantiers. Elle l'aimait follement. Elle séchait ses cours pour passer du temps avec lui. Ses notes chutaient, elle coulait son année, mais elle était heureuse et rien d'autre ne comptait. Elle avait seize ans quand elle... est partie.

— Seize ans, murmuré-je en songeant que nous avons cet âge-là toutes les deux. Ce n'est pas normal de mourir aussi jeune.

Du coup Marie-Jo bondit hors de son lit.

— Elle n'est pas morte ! glapit-elle. Elle... elle...

Les joues empourprées, elle étouffe, elle ne peut plus parler. Elle tente de rattraper son

100

souffle, mais avale sa salive de travers et se met à tousser. Elle finit par se calmer et s'assoit sur son lit. Bouleversée par cette confidence, j'attends la suite avec anxiété. Pourquoi les jumeaux m'ont-ils dit qu'elle était morte?

— Elle est partie, jette Marie-Jo d'une voix chargée d'émotion. Une fugue. Ou un enlèvement. Les paris sont encore ouverts.

Je suis profondément secouée.

— L'enfer! enchaîne Marie-Jo. Papa et maman vivaient une sorte d'absence. Ils ne me voyaient plus. Les jumeaux faisaient les quatre cents coups sans jamais se faire gronder. Comme une zombie, je leur préparais à manger, je les lavais, les habillais, les mettais au lit. Au début, en m'occupant d'eux, je calmais mes remords. Je me sentais coupable de ne pas avoir assez surveillé ma sœur, de ne pas avoir évité que ça arrive. J'avais l'impression d'avoir commis un crime, même si je ne savais pas quoi. Par contre, le psy m'assurait que je n'avais rien à me reprocher. J'étais toute mêlée.

Cela explique beaucoup de choses: l'angoisse, la fébrilité, certains tics de Marie-Jo. Comment vivre normalement après un choc pareil?

— Des mois pénibles! poursuit Marie-Jo. J'avais hâte que mes parents reprennent le contrôle de la maisonnée, mais mon père se noyait dans le travail tandis que maman se recyclait dans le braillage. Sitôt que le téléphone sonnait, elle se jetait dessus en criant

« Allô ? » d'un ton dément. Si c'était la police, elle se lançait dans une litanie de reproches. Les autres, elle leur fermait la ligne au nez.

Un silence s'ensuit. Au bout de quelques minutes, ma curiosité l'emporte :

— Mais comment avez-vous fait pour vous en sortir ?

— Quelques mois après la disparition de Linda, nous avons déménagé à Montréal et nous avons accueilli notre première invitée, une jeune Allemande. L'an dernier, ce fut une Libanaise. Et maintenant, toi. Toutes des filles âgées de seize ans, comme ma sœur au moment de son départ. Chaque année, mes parents reçoivent leur invitée à bras ouverts, ils la dorlotent et, lorsqu'elle retourne dans son pays, ils vivent un nouveau deuil. Eux aussi doivent se sentir coupables de la disparition de Linda, et se dévouer ainsi pour quelqu'un d'autre apaise leur conscience, tout en leur tournant le fer dans la plaie. Ma mère est devenue chauffeure de taxi. Entre deux clients, elle ratisse les secteurs de la prostitution dans le fol espoir d'apercevoir ma sœur un jour, si par hasard elle traîne par là. Quant à mon père, il a facilement trouvé du travail. Les bons maçons ne courent pas les rues ni les chantiers.

Il me faut du temps pour digérer tout cela. Marie-Jo inonde son oreiller de ses larmes et je ressens à son égard une vive bouffée de sympathie. D'un ton monocorde, elle me jette à brûle-pourpoint :

— Je m'excuse, Diana-Lara, de toutes les vacheries que je t'ai faites depuis l'automne. Je ne pouvais pas jouer le jeu, cette fois-ci.

— Oublie ça, lui dis-je, la voix râpeuse.

— On peut être amies à partir de maintenant.

Je fais oui de la tête et Marie-Jo poursuit :

— Aujourd'hui papa et maman ne parlent plus jamais de Linda. Ils ont rangé les souvenirs qui la leur rappelaient, enlevé sa photo du salon. En apparence, ils sont joyeux mais ça n'est pas normal. Lorsque nous avons reçu Ursula — la jeune Allemande —, ils nous ont demandé de rendre son séjour agréable. Trop heureux de voir nos parents reprendre goût à la vie, nous sommes entrés dans le jeu. Nous faisons comme si de rien n'était, mais personne n'a vraiment accepté le départ de Linda et ça va finir par nous éclater en pleine face. Ça me tarabuste.

— On ne se console jamais d'un coup de massue pareil, dis-je doucement. Ça doit être impossible d'oublier.

— Ne leur dis surtout pas que je t'ai raconté ça. Ils capoteraient. Une fois, Karl s'est échappé devant Ursula et maman est devenue comme folle. Elle a traîné mon frère dans sa chambre et elle l'a battu, ce qui ne lui ressemble pas du tout.

Marie-Jo se cache le visage dans les mains et gémit :

— Où est Linda aujourd'hui ? Parfois, la nuit, je l'imagine loin d'ici, aux prises avec des êtres sans scrupule qui l'obligent à… des bassesses. J'ai peur pour elle, Diana-Lara, et pour moi aussi. J'ai peur de tout, surtout de me faire kidnapper, mais aussi des hommes et de l'amour. Te rends-tu compte que je n'ai jamais embrassé un gars ? Et pourtant j'en ai envie, si tu savais ! Je me sens crispée tout le temps ! Des fois, ma poitrine se serre et je sens que je vais mourir. Et je ne veux pas mourir.

Son désespoir me chavire. À genoux à son chevet, je pleure avec elle en lui massant le dos. Une berceuse de mon pays me monte aux lèvres et je la lui chante doucement. Elle s'endort et je ramène les couvertures sur elle avant de monter dans ma couchette.

Je n'arrive pas à fermer l'œil de la nuit mais, curieusement, je me lève fraîche et dispose, forte de l'amitié fragile qui s'est nouée entre Marie-Jo et moi, et prête à prendre d'assaut les pentes de Saint-Sauveur.

Marie-Jo paraît relativement sereine au petit déjeuner. Le soleil magnifique y est sans doute pour quelque chose. Elle prépare du chocolat chaud et je m'occupe de griller des tranches de pain. Après tous ces mois d'hostilité, nous ne savons pas trop quoi nous dire.

— Il faut faire ajuster l'équipement que maman t'a prêté, dit Marie-Jo pour briser le silence.

— *No problema*. Dès qu'on aura cassé la vaisselle…

Cette boutade la déride et l'atmosphère se détend.

Toute la journée, nous nous en donnons à cœur joie sur les pentes. Marie-Jo skie bien, mais moi, je « plante » plus souvent qu'à mon tour ! Il m'en faut davantage pour me déclarer vaincue cependant, et, après chaque descente, je réintègre la foule multicolore qui s'agglutine au pied de la montagne. Le télésiège débrayable me propulse au sommet et je reprends mes valeureux essais. Une ivresse s'empare de moi lorsque je peux enfin négocier les tournants. Et vive le ski ! Quel plaisir de glisser librement sur ce tapis de guimauve tandis que le vent me fouette le visage ! Tout cela vaut bien quelques chutes ! Marie-Jo m'a enseigné les rudiments du chasse-neige et, après cinq ou six descentes, je veux apprendre autre chose. Les fantaisies de certains skieurs m'incitent à des audaces qui me valent ma première « débarque » d'importance. Il me faut cinq bonnes minutes pour me remettre sur pied et repêcher mes skis du sous-bois, à quinze mètres l'un de l'autre. Je ne renonce pas pour autant et je parviens à maîtriser grosso modo la technique du parallèle. Mes mouvements manquent d'élégance, mais je m'amuse comme une petite fille et la vie est belle !

L'après-midi, Marie-Jo m'entraîne vers le télésiège triple. C'est ma première expérience dans un remonte-pente non débrayable et j'en prends pour mon rhume. La chaise arrive tellement vite que je suis déséquilibrée. Juste au moment où je vais basculer dans le vide, le gars assis à ma gauche me saisit le bras et me maintient fermement, le temps que je me cale au fond du siège, entre lui et Marie-Jo. J'en suis quitte pour une bonne trouille.

— Merci, lui dis-je, mon cœur battant la chamade.

— J'aurais dû te prévenir, dit Marie-Jo. Tu aurais pu tomber.

— On n'en meurt pas ! rigole mon sauveteur. Je ne compte pas les fois où ce foutu triple m'a largué dans le décor. À propos, je m'appelle Tristan Guilbert, Tag pour les intimes.

Nous nous présentons à notre tour et, rendus en haut de la pente, nous sommes devenus amis. Skieur expert, Tag se révèle également un excellent instructeur. Il refile à Marie-Jo des trucs pour améliorer sa technique et moi, en tant que débutante, je bénéficie d'une leçon gratuite qui se prolonge jusqu'en fin d'après-midi. À cinq heures, il nous raccompagne à skis jusqu'à l'entrée de notre condo.

— Que faites-vous, ce soir ? s'enquiert-il. Si ça vous intéresse, à partir de neuf heures, on se réunit au Garde-fous avec des copains.

— On n'a pas l'âge d'aller dans les bars, bougonne Marie-Jo.

Tag balaie l'objection du revers de la main.

— Aucun problème, nous assure-t-il. Rue Principale, près de l'église. On y joue de la musique intéressante. En plus...

Il se tait et ses yeux se plissent malicieusement. Je me rends compte à ce moment précis que ce jeune homme possède un charme fou : yeux bleus, cheveux bruns, lèvres charnues, sourire enjôleur. Il est de taille moyenne, plutôt costaud, mais sans embonpoint. Dix-neuf ans, selon ce qu'il nous a dit, même s'il paraît plus vieux. Il travaille comme chasseur à l'hôtel Val d'hiver. Nos regards se croisent et mon cœur s'affole.

Marie-Jo mord à l'hameçon :

— En plus, quoi ? demande-t-elle.

Il lui coule un clin d'œil narquois et détale vers le bas de la pente.

— Vous verrez bien, crie-t-il en se retournant. À tout à l'heure !

L'endroit est sombre et bruyant. On y accède par un escalier qui descend en spirale. Un beat assourdissant secoue les marches et injecte dans nos veines une dose massive d'énergie. Mon corps vibre lorsque je pose le pied sur le plancher. Il fait tellement chaud que je retire mon manteau. Un feu brûle dans le foyer en pierre qui occupe le mur du fond. Tag accourt à notre rencontre. Mes yeux s'habituant à la pénombre, je rencontre les siens qui me détaillent. Il faut dire que nous nous sommes mises sur notre trente et un. Ma courte robe en lainage rouge, que je porte sur un collant noir, allonge ma silhouette et fait éclater mon teint de brunette. Marie-Jo, pour sa part, étrenne un ensemble-pantalon en velours vert forêt, qui met en valeur sa taille fine et ses longs cheveux blonds. Nous avons fait un spécial coiffure/maquillage et le regard approbateur de Tag nous récompense de nos efforts.

— *Buenas noches, Diana-Lara*, me souffle-t-il à l'oreille.

Je sursaute : il a prononcé mon prénom à l'espagnole, en roulant le r et en mettant l'accent sur la bonne syllabe.

Il nous débarrasse de nos manteaux tandis que nous troquons nos bottes pour des escarpins. Nous le suivons jusqu'à une table occupée par deux jeunes hommes, Harold, un colosse blond (beau bonhomme, ma foi !) et Bertrand, un géant noir au sourire chaleureux. Des projecteurs lancent des rayons sautillants qui éclairent sporadiquement les murs couverts de dessins insolites.

Le punch aux fruits que l'on nous sert me rappelle les boissons de mon pays. C'est délicieux. D'ailleurs, tout est délicieux ce soir. Mon pouls bat dans mes oreilles et il me semble que je suis belle. Le regard de Tag m'enveloppe d'un cocon confortable. Je n'entends pas tout ce qu'il me crie par-dessus la musique mais le son de sa voix me plaît. Je le trouve encore plus beau que cet après-midi dans son jean kaki et sa chemise carreautée ouverte sur un gaminet noir. Son menton volontaire et son allure décidée contrastent avec la douceur de ses yeux et la chaleur de sa voix. Ces contradictions me plaisent.

— Il règne une saine folie dans cette boîte, me confie-t-il, mais ni snobisme ni préjugé. On y vient, de toutes les races et couleurs, habillés ou en guenilles, et personne ne regarde personne de haut.

Jetant un regard circulaire, je constate qu'il a raison. La petite salle ne comprend qu'une dizaine de tables rondes, occupées surtout par des jeunes. À la table voisine, une maman allaite son bébé. Un gars, plus loin, construit un pont en bâtons de Popsicle. Quelques danseurs se trémoussent sur la petite piste qui a été montée près de l'estrade.

À ma grande surprise, Marie-Jo brille comme une star. Elle est l'objet de mille et une attentions de la part de Harold et de Bertrand, et elle flirte outrageusement avec l'un et l'autre. Depuis six mois que je vis avec elle, jamais je ne l'ai vue aussi animée. L'effet du punch, sans doute : est-ce son deuxième ou son troisième verre ? En tout cas, elle maîtrise assez bien les astuces de la séduction. Cependant, son visage se rembrunit parfois et je la sens nerveuse. Mais elle se reprend et je m'efforce de ne penser qu'à la merveilleuse attraction que Tag exerce sur moi. Et voilà que résonnent soudain les accords flamboyants d'un vieux tango classique, qui me met aussitôt des fourmis dans les jambes.

— *¿ A bailar, Diana-Lara ?* demande Tag en me prenant la main.

Je me laisse entraîner sans la moindre hésitation. Je danse depuis que je suis toute petite, voyez-vous, c'est un de mes rares talents. Et le tango, en particulier, a l'heur de me donner des ailes.

Tag se meut avec agilité et, pendant les quelques minutes que dure la pièce, je monte au septième ciel. Des applaudissements me ramènent sur terre. Nous avons donné une sorte de spectacle. Je sens sur moi des regards admiratifs, dont celui de Tag qui me procure un singulier plaisir. L'allégresse m'envahit tandis que mon pouls retrouve peu à peu son rythme. Il y a longtemps que j'ai dépensé autant d'énergie.

— Tu es belle ! murmure mon partenaire.

— Je ne résiste jamais à un tango. Comment l'as-tu deviné ?

— Mon petit doigt.

Tag m'enlace pour la polka qui commence. Voilà une danse que je découvre, mais je me laisse guider et tout se passe bien. Je vis mes moments les plus intenses depuis mon départ du Honduras. Lorsqu'un rock'n'roll endiablé s'enchaîne à la polka, un jeune homme sorti de nulle part dame le pion à mon partenaire et je me retrouve à danser avec lui. Tag retourne à notre table, mais sans me quitter des yeux ; d'ailleurs, c'est pour lui que je danse, en rencontrant fréquemment son regard. Aux premiers accords du twist qui suit, il s'empresse de chasser le danseur importun et redevient mon cavalier. Et vive la danse !

— Fatiguée ? s'informe Tag après le twist.

— Pas du tout, dis-je en m'épongeant le front, mais j'ai soif.

Nous allons au bar et je commande une eau minérale. Tout en buvant, j'aperçois Marie-Jo dans les bras de Harold qui cherche à l'embrasser. Elle se dérobe. Ses yeux trahissent la détresse.

— Tu veux qu'on en fasse autant ? chuchote Tag qui a suivi mon regard.

Il me tend ses lèvres mais je ris et détourne la tête. J'ai envie qu'il m'embrasse, mais pas ici devant tout le monde.

— Dis donc, Tag, le type avec Marie-Jo, tu le connais ? Il me semble l'avoir aperçu sur les pentes après-midi.

— Harold ? Bien sûr, on travaille ensemble au Val d'hiver. C'est un bon gars, mais il souffre d'une fixation maladive pour les blondes aux cheveux longs. (Sa voix se fait boudeuse.) Il t'intéresse plus que moi ?

— Pas du tout, dis-je précipitamment. Je...

111

La gaffe ! Je me mords les lèvres. On n'avoue pas ses sentiments bêtement, comme ça. Le rouge me monte aux joues.

— Ça me rassure, glousse Tag. Allez, hop ! dépose ton verre, je veux savoir si tu danses aussi bien le slow que les autres danses !

Serrée contre lui, je me laisse bercer par le rythme langoureux que diffusent maintenant les haut-parleurs. Des bouffées de désir me viennent, que je devine partagées. Lorsqu'à la fin de la pièce une ballade plus énergique succède au slow, Tag m'entraîne dans l'arrière-salle. Nous y sommes seuls. Mon cœur bat d'anticipation. Il va m'embrasser. Je *veux* qu'il m'embrasse. Jamais je n'ai autant désiré un baiser.

Il prend mon visage dans ses mains et ses lèvres effleurent doucement mes joues, mon front, ma bouche, pendant que gonfle mon désir. Mes mains caressent ses épaules par petites pressions successives, cadencées par la musique.

Il me lâche tout à coup et recule de quelques pas. Je flotte dans un état second. Où suis-je ? Je ne sais plus qu'une chose : ce jeune homme a des lèvres excitantes que j'ai envie de sentir sur les miennes. Pourquoi me fait-il languir ainsi ?

Est-ce lui qui me prend à bras-le-corps ou moi qui me jette contre lui ? Tout ce que je sais, c'est que lorsque nos bouches se trouvent enfin, un chant de joie explose dans tout mon être. Plus rien n'existe que ce baiser qui nous unit. Quand nous nous dégageons, à bout de souffle, Tag murmure :

– *Te quiero, Diana-Lara.*

Je me garde bien de répondre. Je sais trop bien quoi penser de ces déclarations minutes, même si celle-ci me fait vraiment plaisir.

De retour dans la salle, je suis frappée par le visage de Marie-Jo. Malgré son allure décontractée, je la sens tendue. Elle danse avec Bertrand, mais Harold n'a pas jeté la serviette pour autant. Dès qu'elle revient à table, il recule sa chaise pour l'aider à s'asseoir et s'installe sur la chaise voisine, un bras autour de son épaule. Beau joueur, Bertrand se place de l'autre côté et attend une ouverture. Un duel s'est enclenché.

Mais pourquoi la musique s'interrompt-elle brusquement ? Et pourquoi l'éclairage s'intensifie-t-il peu à peu ? Les conversations s'estompent. Que se passe-t-il ?

L'explication ne tarde pas. Tag se racle la gorge, se lève. Ce qu'il a l'air étrange, tout à coup !

– Marie-Jo, Diana-Lara, on vous a préparé un « rince-dalot » spécial, annonce-t-il solennellement. Le drink d'initiation à notre groupe.

Je sursaute et une foule de sentiments contradictoires m'assaillent ! Qu'est-ce que cette histoire ? À mes côtés, Marie-Jo blêmit.

– C'est un breuvage qu'on boit debout, d'une seule traite et sans regarder, enchaîne Bertrand. Ça s'appelle un « jazzspritzzer ».

Le plancher se dérobe sous mes pieds et mon cœur s'arrête de battre. Je m'en veux de m'être laissée entraîner dans un guet-apens pareil. Quelle naïveté ! Comment ai-je pu être dupée par les manières enjôleuses d'un beau parleur comme Tag ? Je tente d'évaluer la distance entre l'endroit où nous nous trouvons et la sortie, et nos chances de déguerpir sans nous faire intercepter. Mais avant de pouvoir réagir, j'aperçois Harold qui tient deux loups en satin noir. L'histoire de Linda me revient en tête. Ça y est, on va nous enlever, nous aussi ! Je sais que Marie-Jo évoque le même scénario. Non mais ! dans quel guêpier nous sommes-nous fourrées toutes les deux ? Mon esprit fonctionne à plein régime et je m'efforce à grand-peine de ne pas m'affoler. Si Marie-Jo panique, il faut qu'au moins une de nous garde la tête froide. Tag ordonne d'un ton sans réplique :

– Vous me préviendrez lorsque vous serez prêtes.

On fait cercle autour de nous. Personne ne sourit. Que signifie cette expression sinistre sur les visages ? Je me tourne vers Marie-Jo et capte son signal de détresse. Elle s'est levée, un peu chancelante. Elle n'a pas bu assez pour ne pas avoir peur. Elle tressaille violemment. Alors je saute sur mes pieds et je hurle :

— Vous êtes de beaux salauds, savez-vous ? Je me lève, mais c'est pour m'en aller, pas pour boire votre damné poison !

— Nous avons tous été initiés de cette façon, dit Bertrand. Il ne s'agit pas d'un poison, et c'est la condition pour entrer dans notre groupe.

— Qu'est-ce qui vous fait croire qu'on veut en faire partie ?

— D'abord, qui êtes-vous, au juste ? vocifère Marie-Jo qui a enfin retrouvé sa voix. Une secte ? Des hors-la-loi ? De jeunes freluquets avides d'émotions fortes ? Mais on n'a aucune envie de faire partie de votre troupeau de moutons et on a passé l'âge de ces enfantillages !

— L'initiation est un rite nécessaire pour comprendre certaines réalités du monde, intervient une jeune femme. Mais nous ne sommes ni une secte ni des hors-la-loi, je vous en donne ma parole.

— Et nous voulons vraiment vous accueillir parmi nous, ajoute Tag.

Il me regarde dans les yeux, ce disant, et sa voix ferme me darde au cœur. Je me rappelle sa gentillesse en ski, l'ivresse de danser avec lui, le plaisir de l'embrasser. Pourquoi douter de lui ? Ce rite scellerait peut-être entre nous quelque chose de précieux. « Pas question, rétorque ma raison, c'est une atteinte à la liberté. On vous brime. On vous fait boire ce liquide de force ! »

— Je déteste les pièges, dis-je.

— Ce n'est pas un piège, vous êtes tout à fait libres, rectifie Harold.

La voix chargée d'émotion, Bertrand déclare alors :

— Je viens d'un pays où se pratique encore la torture. Le principe de cette initiation, c'est de devenir solidaires des gens qui la subissent.

— Notre raison d'être est humanitaire, affirme la jeune femme.

Cette déclaration affaiblit mes défenses et je la laisse fermenter dans mon esprit. Ils paraissent sincères. Je me rabroue : « Tu deviens paranoïaque ! Si tu n'avais pas appris l'enlèvement de Linda, tu embarquerais avec enthousiasme. »

Un silence s'est installé, qui devient étourdissant. Le beat, qui s'est pourtant arrêté en même temps que la musique, continue d'imprimer son rythme et sa puissance à mon cœur et à mon corps. Je demande :

— Et si nous refusons ?

Tag plante ses yeux dans les miens et répond sans sourciller :

— Tu veux partir ? Pars ! Personne ne te retient.

Blanche comme un drap, Marie-Jo frissonne sans contrôle. Mais voilà que, par je ne sais quel phénomène mystérieux qui s'actionne à l'intérieur de moi, je sais tout à coup que je jouerai le tout pour le tout, advienne que pourra ! Une violente expectative m'habite. J'entraîne Marie-Jo à l'écart.

— J'ai confiance en eux, lui dis-je à l'oreille. Allez, relaxe un peu.

— Non, j'ai trop peur, chuchote-t-elle. C'est comme ça qu'ils ont dû enlever Linda. Si c'est son chum qui a fait le coup, ça peut être une fugue *et* un enlèvement. Elle ne refusait rien à ce gars-là, elle aurait bu ce truc même s'il avait contenu de la dynamite liquide.

— Tu ne peux pas passer ta vie à avoir peur, Marie-Jo. On est ici depuis deux heures. On a skié avec Tag tout l'après-midi. Regarde autour de toi : penses-tu vraiment que ces gens-là s'adonnent à la traite des blanches ? Leur truc est inoffensif. Un peu enfantin, comme tu le leur as fait remarquer. Mais inoffensif, j'en suis sûre. En fait, c'est plutôt comique et il faut le prendre avec un grain de sel.

— Tu crois vraiment ?

— Regarde ce que tu as fait, ce soir : tu as flirté, tu as dansé, tu t'es laissée embrasser. Il te suffit de continuer sur ta lancée.

— Non, je n'ai pas été capable de me laisser embrasser. Tu ne vois pas, Diana-Lara ? Je joue avec le feu pour essayer de comprendre comment Linda se sentait avant son… sa, enfin sa disparition. Mais quand ça devient trop chaud, j'ai peur de me brûler et je m'enfuis en courant. Je ne veux pas me faire enlever, comprends-tu ça ? Cette histoire de rince-dalot me donne la trouille ! J'ai seulement envie de décamper.

Elle est livide et frénétique. Je dois la prendre aux épaules pour arrêter ses tremblements. Je tente un ultime argument :

— Si tu refuses tout ce qui s'offre à toi de peur qu'il t'arrive la même chose qu'à ta sœur, ta vie est fichue. Par contre, si tu surmontes tes craintes, tu t'ouvres à la vie. L'occasion t'en est offerte ce soir sur un plateau d'argent. À prendre ou à laisser.

Ébranlée par mon plaidoyer, elle hésite enfin. Je devine sous son front plissé les rouages de sa pensée, les délibérations qui se jouent entre sa peur et mon argumentation. Au bout de plusieurs secondes, le verdict tombe enfin :

— D'accord, dit-elle et elle se redresse au prix d'un grand effort. C'est vrai que j'ai passé une belle soirée. J'ai presque tout oublié. Il y a eu seulement quelques moments où, à propos de rien, Linda me revenait en tête. Mais ce truc, il doit être bourré d'alcool, non ?

Je me tourne vers les autres et je dis avec fermeté :

— On va le boire si vous nous jurez qu'il ne contient pas d'alcool.

— Ce breuvage contient zéro pour cent d'alcool, affirme Tag, les yeux toujours braqués sur moi.

— Alors nous sommes prêtes ! déclare bravement Marie-Jo.

Le roulement de tambour nous fait sursauter. La tension est à couper au couteau.

Tag se glisse derrière nous et je frémis en sentant sur ma nuque son souffle tiède. Avec douceur, il bande les yeux de Marie-Jo et puis les miens. Quelques secondes plus tard, dans un silence total, une main guide la mienne et mes doigts reconnaissent la forme d'une chope. J'en saisis l'anse en m'efforçant de contenir mon agitation.

Prenant une grande inspiration, je la porte à mes lèvres. Je bois très vite pour éviter que le goût n'atteigne mon cerveau avant que j'aie fini. Mais je ne suis pas assez rapide. À la dixième gorgée, je manque d'exploser. J'ai la langue, la gorge et l'estomac en feu ! Une lave liquide se répand en moi, brûlant tout au passage. Je n'en peux plus, je vais m'arrêter et me jeter la tête contre les murs ! Pourtant je tiens bon : il n'est pas question de perdre la face. Je ne sais pas comment, mais je réussis à ingurgiter le fameux rince-dalot jusqu'à la dernière goutte.

À tâtons, je repose la chope sur la table et, aussitôt, les applaudissements éclatent ! Arrachant mon loup, j'aperçois Marie-Jo.

— Qu'est-ce que je te disais, hein ? fait-elle en souriant à travers ses larmes. C'était de la dynamite !

Au son des battements de tambour, on nous saute au cou. Une bouteille d'eau plate trône sur la table. J'en dévisse le capuchon et je bois goulûment plusieurs gorgées. Ô le soulagement ! Je passe la bouteille à Marie-Jo.

— Bienvenue dans les Garde-fous ! dit Bertrand en nous passant au cou une médaille. Nous espérons que vous participerez avec nous au projet Démesure !

Une émotion incontrôlable m'étreint alors que Tag m'enlace.

— *Te quiero, Diana-Lara*, me souffle-t-il.

Il m'aime ? Je veux bien. Mais surtout, qu'il m'explique de quoi il retourne ! Posant ma tête sur son épaule, j'émets :

— Il y en a qui meurent, sans doute, en buvant votre jazzmachin !

— Mais non ! Le jazzspritzzer est une concoction universelle constituée d'ingrédients sans danger qui proviennent des quatre coins du monde. Nous recrutons à travers la planète, au nom de la paix et de l'amour universels. Nous dénonçons les fondamentalismes, la toute-puissance de l'argent, la cupidité, les politiques qui menacent l'harmonie. Nous sommes des révolutionnaires doux. Nous croyons à l'honneur et à la dignité. Les coups d'éclat que nous préparons n'ont d'autre but que de stimuler l'entraide internationale. Partout dans le monde s'organisent des événements ponctuels qui nous font connaître. Mais le projet qui nous tient le plus à cœur, c'est Démesure, qui vise à former une chaîne universelle entre le 31 décembre 1999 et le 1er janvier 2000. Une chaîne de mains et de musique d'une durée de vingt-quatre heures, le temps que tous les points du globe basculent dans le troisième millénaire. C'est à cela que nous travaillons. Chacun met ses talents au service du projet. Nous avons des compositeurs qui écrivent des chansons. Il y a déjà des Garde-fous en France, au Zaïre, en Israël, en Australie et au Chili.

– Ton talent, à toi, c'est quoi ?

– Moi, je suis le graffitiste du groupe, le concepteur, entre autres, du sigle qui nous identifie. Regarde sur ta médaille.

J'y reconnais l'entrecroisement de lignes qui s'éclaire sporadiquement sur les murs du Garde-fous.

– C'est la version *démesurée* de la chaîne universelle, dit Tag. Celle de la jeunesse, celle de l'an 2000.

Un peu plus tard, je retrouve Marie-Jo aux toilettes.

– C'est vrai qu'il fallait leur faire confiance, Diana-Lara. Mais pour ce qui est du projet Démesure, il n'est pas enfantin ! Il est formidable !

Sa réaction me fait plaisir. Du même coup, elle m'intrigue.

– Tu te rends compte, je vais retrouver Linda ! ajoute-t-elle, avec une flamme étrange dans les yeux. Eh oui ! par la chaîne universelle ! Les Garde-fous se ramifient dans le monde entier. Je suis certaine… *certaine*, tu entends, qu'on va finir par y croiser ma sœur. Tu avais raison de me dire que la peur était un frein. Dorénavant, plus rien ne m'effraie. Je vais *agir* au lieu de me terrer dans mon trou. C'est la façon d'échapper à l'angoisse, Diana-Lara. La seule façon. Je vais enfin vivre normalement!

Son attitude survoltée m'inquiète. Que répondre à cela? Je me contente de lui sourire et de demander:

– Tu veux qu'on rentre bientôt?

– Es-tu folle! Il est bien trop tôt! Harold et moi, on vient à peine de faire connaissance. Et j'ai tellement de retard à rattraper!

– Ç'a l'air de bien marcher entre lui et toi? Elle sourit.

– À merveille! Ce gars-là, je le suivrais au bout du monde!

Assaillie par un désagréable pressentiment, je reviens dans la salle. Pauvre Marie-Jo! Je crains bien qu'elle ne se dirige tout droit vers une profonde déception. Je la vois bientôt qui danse avec Harold, vainqueur du duel. À un moment donné, leurs lèvres s'unissent en un baiser qui, à mon avis, se prolonge indûment. Je hausse les épaules, essayant d'y voir du positif, et je rejoins Tag à notre table.

Fermant les yeux, je me laisse aller au plaisir d'être avec lui. Il murmure à mon oreille:

– Diana-Lara, voici ce que nous allons faire. D'abord profiter pleinement de nos moments ensemble pendant cette semaine, et nous revoir aussi souvent que possible le reste de ton séjour au Québec. Essayer de bien nous connaître. Ensuite, tu repars à Tegucigalpa mais nous restons en contact jusqu'à la Démesure. Ce jour-là, nous nous arrangeons pour traverser ensemble dans l'autre millénaire. Où que nous soyons dans le monde, nous nous rejoindrons. Et après, nous ne nous quitterons plus ! Parce que, vois-tu, je t'aime.

Je le regarde, pensive. Quelle idée insensée ! À combien d'autres filles a-t-il dit ou dira-t-il la même chose ? Et j'ai le temps de rencontrer des dizaines d'autres garçons d'ici là ! Par contre, le projet Démesure élargit mes horizons et donne à ma vie une dimension extraordinaire. Moi qui ai résolu de mordre dans l'aventure à plein, sous quelque forme qu'elle se présente, je ne peux demander mieux. Je déborde d'enthousiasme. Reste que Tag pousse un peu loin…

— C'est une chouette idée, mais tu exagères, lui dis-je. Tu es un garçon très gentil, nous pouvons rester copains, skier et danser ensemble, faire tout ce qui nous fait envie, et même nous donner rendez-vous au bout du monde le 31 décembre 1999. Mais je ne suis pas prête à engager mon petit cœur pour la vie. Pas tout de suite.

— Quel défi stimulant ! fait-il en me chatouillant le cou. Je m'engage à te faire changer d'idée d'ici à ce que tu repartes.

Je souris malicieusement et je réponds en rigolant :

— Essaie toujours, beau charmeur, mais tu vas perdre ton temps. Ah! mais c'est *La Cumparsita* qui joue! Allez, debout!

Je me lève et m'élance sur la piste de danse. Il me rattrape en courant, passe son bras autour de ma taille, et, pour la deuxième fois de la soirée, je m'évade complètement dans le rythme ensorcelant du tango.

Hélas! mille fois hélas! Je me suis trompée sur toute la ligne. C'est Marie-Jo qui avait raison. Ah! si je pouvais seulement reculer le temps et recommencer différemment!

Le scénario avait été soigneusement orchestré, jusque dans les moindres détails. Depuis quelques mois, les Gosselin recevaient des menaces insistantes par le biais de lettres et de téléphones anonymes. Des graffitis inquiétants déparaient leur porte d'entrée et leur boîte aux lettres — comme par hasard identiques aux dessins de ma médaille. Voilà pourquoi les parents de Marie-Jo nous avaient expédiées à Saint-Sauveur, dans l'espoir de brouiller les pistes.

Ce faisant, ils jouaient dans la main de la Démesure! Rien n'était fortuit dans notre rencontre avec Tag! Et Harold rôdait bel et bien sur les pentes de ski cet après-midi-là!

Quant à cette histoire de paix universelle et de sensibilisation à la torture, eh bien ! c'était de la poudre aux yeux pour endormir la poire idiote que j'étais ! Et Tag ! Ah ! le traître, le perfide, le scélérat ! D'ailleurs, ces mots me paraissent bien faibles pour exprimer à quel point il m'horripile ! En tout cas, j'ai mis une croix définitive sur l'amour dans ma vie ! Jamais plus je ne ferai confiance à personne. Je m'en veux d'avoir seulement écouté ses déclarations enflammées !

La police m'a interrogée, contre-interrogée et interrogée encore jusqu'à ce que j'en fasse une indigestion. Je répétais invariablement la même histoire :

— Non, je ne l'ai plus revue après le tango ! Oui, je l'ai cherchée partout ! Non, je ne sais pas ce qui s'est passé. Non, je ne regardais pas alentour. Je dansais, voyez-vous. Le tango, c'est, pardon, *c'était*, ma danse préférée. Quand la musique s'est arrêtée, il ne restait plus dans la salle que Tag qui, sous prétexte de retrouver la piste de Marie-Jo, m'a plantée là et s'est fondu dans le décor.

De mon mieux, j'ai décrit Tag et Harold, ainsi que Bertrand et les autres dont je me souvenais, et j'ai tout raconté par le menu. Cent fois plutôt qu'une. Mais, le croirez-vous, il n'y a jamais eu personne du nom de Tristan Guilbert parmi le personnel de l'hôtel Val d'hiver. Ni de Harold, bien entendu ! Ni personne qui réponde, même vaguement, à leur signalement. Tout ce beau monde s'est volatilisé en même temps que Marie-Jo ! Pire : le Garde-fous n'existe pas ! Lorsque j'y ai conduit les enquêteurs le lendemain, tout ce que j'ai reconnu dans ce sous-sol vacant, c'est le foyer, les toilettes et les graffitis sur les murs. Le reste avait disparu. Pour comble, les seules empreintes digitales qu'on a relevées sur ma médaille sont les miennes ! Cette bande-là connaît son affaire !

Ça ne me console pas du tout de penser que Marie-Jo semblait heureuse la dernière fois que je lui ai parlé. Plus je réfléchis à notre conversation, plus je me dis qu'il devait y avoir une drogue dans son breuvage à elle. Ses pupilles étaient trop dilatées, elle avait perdu toute inhibition, elle se disait prête à suivre Harold au bout du monde et elle avait la certitude de retrouver Linda un jour. Cette transformation s'est produite trop subitement.

Ah ! pourquoi ai-je autant insisté pour qu'elle avale cette potion maléfique ? La culpabilité me ronge comme la rouille ! Je n'en peux plus. Même dans mon sommeil, elle me darde continuellement.

À certains moments, je regrette de ne pas avoir été enlevée aussi : au moins je pourrais essayer de m'en sortir, et je serais avec Marie-Jo. Alors que là, je demeure seule et totalement impuissante. Et elle, où est-elle ? Mon cœur se serre constamment juste à me le demander. Se pourrait-il que tous ensemble ils préparent effectivement quelque chose de grandiose ? Mais je divague, ce n'est pas en enlevant les gens contre leur volonté qu'on les incite à collaborer. À moins de leur laver le cerveau ou de les droguer ! Je tourne en rond dans mon raisonnement. Je deviens folle.

Mme Gosselin a dû être hospitalisée dans une clinique psychiatrique et les jumeaux se cachent en un lieu secret où ils font l'objet d'une surveillance continuelle. Quant à M. Gosselin, il promène son tourment entre la maison et la clinique où il visite sa femme tous les jours. C'est lui qui m'a conduite à l'aéroport tout à l'heure. On n'a pas échangé une seule phrase de tout le trajet.

En ce moment, je survole l'Amérique en route vers mon pays. Et j'en suis venue à souhaiter que l'avion explose en vol pour pouvoir enfin échapper aux effroyables remords qui me torturent sans répit.

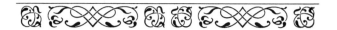

Les auteur-es

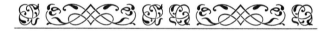

Claude Bolduc

Élevé sur la Côte de Beaupré, Claude Bolduc s'est lui-même exporté en Outaouais en 1986, où il a peu après contracté le virus de l'écriture. Il a publié trois romans fantastiques pour la jeunesse, un recueil de nouvelles, a dirigé deux collectifs, en plus de publier une cinquantainc de nouvelles. Après sept années passées à quadriller Hull en livrant de la pizza, il a récemment pris sa retraite et est maintenant coordonnateur des Éditions Vents d'Ouest.

Marie-Andrée Clermont

Les premiers ouvrages de Marie-Andrée Clermont, qui paraissent chez Fides, sont des récits d'aventure dans lesquels elle invite ses héros au dépassement. Elle entreprend par la suite des expériences de création collective qui donnent naissance à quatre ouvrages publiés aux Éditions Pierre Tisseyre. En 1991, elle conçoit et met sur pied, chez le même éditeur, la collection « Faubourg St-Rock », dans laquelle un groupe d'auteurs écrivent dans un univers partagé ; cette collection offre aux adolescents des séries de romans axés sur le quotidien. Avec dix-huit ouvrages à son actif, Marie-Andrée est invitée à donner des conférences aux quatre coins du pays, et elle ne se fait jamais prier pour accepter, car rien ne lui plaît davantage que de parler de sa passion : l'écriture.

Dominique Giroux

Dominique Giroux a commencé à écrire un peu par hasard; elle voulait au départ offrir des cadeaux personnalisés à ses filles. Mais les enfants en question ont bien aimé. Et leurs copains et leurs copines et leurs voisins et leurs voisines… C'est ainsi qu'un jour, *Sacrée Bellavance* (Éditions Pierre Tisseyre) s'est retrouvé sur les tablettes des librairies. Merveilleuse aventure qui a entraîné dans son sillage de nouvelles publications : *Minie Bellavance, prise 2* (Éditions Pierre Tisseyre) et *Ça roule avec Charlotte* (J'aime lire n⁰ 100, Bayard Presse). Elle y a tellement pris goût qu'elle a décidé de combiner écriture et animation en littérature jeunesse pour en faire son métier. Depuis, entre une tournée au Yukon et une autre en Gaspésie, Dominique Giroux s'amuse à écrire des histoires folichonnes pour les petits ou des émotions mur à mur pour les ados. Chose certaine, elle n'est pas près de remiser son crayon !

Michel Lavoie

Michel Lavoie est enseignant à l'école secondaire Mont-Bleu de Hull où il a fondé une petite maison d'édition pour permettre aux jeunes de faire valoir leur beau talent. Il est aussi auteur pour la jeunesse. Il publie chez Vents d'Ouest — où il codirige la collection « Ado » —, Tisseyre, Balzac et au Centre franco-ontarien. Il aime tellement écrire qu'il le fait même dans ses rêves, d'où des histoires à dormir debout... plutôt à rire assis... non ! à déguster à belles dents. Peu importe : des récits pour plaire aux jeunes, les faire rigoler ou pleurer, leur dire qu'ils sont importants pour lui, qu'ils lui offrent des occasions de passer de joyeux moments en leur compagnie.

Robert Soulières

Robert Soulières a écrit une dizaine de romans pour les ados, une quinzaine de contes pour les plus jeunes, plusieurs nouvelles et une quantité folle de cartes postales et de listes d'épicerie. Ses thèmes privilégiés sont l'amour, l'amitié, l'aventure, tout ça enrobé d'une bonne touche d'humour bien personnelle. Après avoir passé dix ans au service des Éditions Pierre Tisseyre, il a fondé sa propre maison d'édition en 1996 où il publiera des romans pour la jeunesse, mais également des bandes dessinées pour les jeunes et pour le grand public. Depuis longtemps, Robert Soulières écrit et la nuit n'est pas encore venue où il accrochera sa plume…

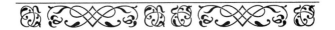

Table des matières

Collection « Ado »

PAO : Éditions Vents d'Ouest inc., Hull
Négatifs de la couverture : Imprimerie Gauvin ltée, Hull
Impression : AGMV Marquis imprimeur inc.
Cap-Saint-Ignace

Achevé d'imprimer en septembre
mil neuf cent quatre-vingt-dix-sept

Imprimé au Canada